6 PERGUNTAS SOBRE VOLPI

6 PERGUNTAS SOBRE VOLPI

UM DEBATE SOBRE ARTE BRASILEIRA

mediadora

VANDA KLABIN

debatedores

ALBERTO TASSINARI

LORENZO MAMMÌ

PAULO PASTA

PAULO SÉRGIO DUARTE

RODRIGO NAVES

SÔNIA SALZSTEIN

IMS

INSTITUTO MOREIRA SALLES

6 PERGUNTAS SOBRE VOLPI

gravações LINK PRODUÇÕES
transcrição ELAINE FERRARI
edição dos textos RODRIGO LACERDA
preparação e revisão FLÁVIO CINTRA DO AMARAL
glossário e cronologia FLÁVIO CINTRA DO AMARAL
projeto gráfico TECNOPOP [ANDRÉ LIMA / RAFAEL ALVES]

DADOS INTERNACIONAIS DE CATALOGAÇÃO NA PUBLICAÇÃO (CIP)
(CÂMARA BRASILEIRA DO LIVRO, SP, BRASIL)

6 perguntas sobre Volpi. – São Paulo: Instituto Moreira Salles, 2009.
Vários autores.
ISBN 978-85-86707-34-6
1. Pintura moderna – Século 20 – Brasil 2. Volpi, Alfredo, 1896-1988 – Crítica e interpretação.
09-03225 CDD-759.981

Índices para catálogo sistemático:
1. Pintores brasileiros: Apreciação crítica 759.981

SUMÁRIO

6 VOLPI: DIMENSÕES DA COR, POR VANDA KLABIN

17 PRIMEIRA PERGUNTA

33 SEGUNDA PERGUNTA

49 TERCEIRA PERGUNTA

55 QUARTA PERGUNTA

75 QUINTA PERGUNTA

85 SEXTA PERGUNTA

98 SOBRE OS DEBATEDORES

102 GLOSSÁRIO DE NOMES CITADOS

114 CRONOLOGIA: VIDA E OBRA DE ALFREDO VOLPI

126 LISTA DE OBRAS DA EXPOSIÇÃO

VOLPI: DIMENSÕES DA COR

VANDA KLABIN

NASCIDO EM LUCCA (ITÁLIA), Volpi emigrou com a família para o Brasil em 1898, fixando residência em São Paulo. Nunca se naturalizou e jamais procurou mestres ou instituições de ensino, mas se consolidou como um dos mais significativos artistas no cenário moderno brasileiro. Começou a pintar por volta de 1914 e, a partir de então, prosseguiu até os anos 1980.

Detentor de uma vasta produção, seu vocabulário plástico foi se constituindo sem compromissos com os diversos movimentos artísticos nacionais e internacionais vigentes na sua época, o que revela a independência de sua linguagem visual e a singularidade do seu fazer artístico.

Autodidata, com rica experiência adquirida em trabalhos artesanais que realizava para sua sobrevivência – marceneiro, pintor de paredes, tipógrafo, decorador de fachadas –, sempre demonstrou uma fidelidade absoluta ao trabalho cotidiano da pintura.

Volpi tangencia as experiências do nosso meio cultural, mas nunca se comprometeu com qualquer movimento estético. Na década de 1930, integra o círculo de artistas do Grupo Santa Helena, junto com Fulvio Pennacchi, Mário Zanini, Francisco Rebolo, Aldo Bonadei, entre outros, convívio que se amplia com a chegada da Itália de Bruno Giorgi.

Conhece o pintor Ernesto de Fiori, também de origem italiana, que iria influenciá-lo, pela "leveza de sua pincelada (...) da liberdade do fazer, (...) desenhar com a tinta, sem a preocupação do acabamento".[1]

Viaja com frequência para Itanhaém no começo da década de 1940, quando realiza diversas pinturas de paisagens e marinhas, executadas com intensa luminosidade atmosférica. Nessa ocasião, conhece o pintor Emídio de Souza, de importância decisiva para ele: "O amigo e pintor popular de Itanhaém, o Souza, em cujas paisagens Volpi aprendeu a separar o essencial do acessório, um tom do outro".[2]

1 AMARAL, Aracy A. *Arte e o meio artístico: entre a feijoada e o x-burger*, 1961-1981. São Paulo: Nobel, 1983.

2 PEDROSA, Mário. *Alfredo Volpi: 1924/1957*. Rio de Janeiro: MAM, 1957. Catálogo de exposição.

A formação do seu olhar moderno tem origem nas exposições que teve a oportunidade de visitar: as de arte italiana, em São Paulo, nas décadas de 1930/1940 e, a partir de 1951, as sucessivas bienais, que vão servir como fontes para sua familiarização com novos vocabulários plásticos.

Na estrutura de sua pintura está presente o raciocínio de constelações e jogos cromáticos que podemos encontrar na pintura de Matisse, Albers, Mondrian e Morandi. Volpi dizia que "Mondrian não é muito pintor, Max Bill não é pintor, Picasso é mais desenho, já Albers é pintor. E Matisse, o mais pintor de todos."[3]

3 ARAÚJO, Olívio Tavares de. *Volpi: projetos e estudos em retrospectiva, décadas de 40-70*. São Paulo: Pinacoteca do Estado de São Paulo, 1993. Catálogo de exposição.

4 MILLIET, Sérgio. "Alfredo Volpi". *In Fora de forma: arte e literatura*. São Paulo: Anchieta, 1942.

Em 1940, em São Paulo, é inaugurada, em uma sala na rua Barão de Itapetininga, uma exposição de arte francesa, com obras de Cézanne, Matisse, Gauguin, Picasso, Braque, Van Gogh, Lhote, Masson, Dufy, entre outros. Volpi visita essa exposição "durante horas, todos os dias", segundo o crítico Sérgio Milliet.[4]

Na mesma rua Barão de Itapetininga, em 1944, Volpi realiza, na galeria Itá, aos 48 anos, a sua primeira exposição individual, com texto de apresentação de Mário Schenberg, que escreveu a respeito da crescente necessidade do artista de se exprimir em cores puras: "Volpi procura agora a pureza matissiana dos tons". Todas as suas obras foram vendidas e uma marinha foi adquirida por Mário de Andrade.

O pintor abandona a pintura a óleo por volta de 1944 e enfatiza unicamente o trabalho com têmpera a ovo, antiga técnica utilizada na pintura italiana, matéria-prima elaborada pelo próprio artista, assim como o óleo de linhaça decantado ao sol, os pigmentos "terra" trazidos por amigos, cartolinas, as telas de linho, juta ou cânhamo, preparadas com gelatina de porco e gesso. Ele próprio dizia: "Eu faço o chassi e depois preparo a tela no chassi à base de gelatina de porco, bicarbonato de sódio. Passo muitas camadas até a tela ficar boa. Os chassis merecem cuidados especiais para não entortar. O trabalho manual sempre relaxa e o preparo da tela é essencial..." [5]

A opacidade da têmpera, com sua textura rala e o seu procedimento mais sutil pelo próprio manuseio artesanal, trouxe novas coordenadas e uma plasticidade muito particular aos seus trabalhos. A pincelada apresenta toques visíveis e descontínuos do pincel e absorve uma luminosidade mais indeterminada e diluída.

Volpi fixou âncora em sua casa-ateliê no bairro do Cambuci, onde produziu toda a sua obra. Nunca se distanciou muito desse território, exceto por algumas viagens a Mogi das Cruzes, Itanhaém e Cananeia, à Bahia, às cidades mineiras e ao Rio de Janeiro.

Em 1950, realiza a sua primeira e única viagem à Europa. Participa da 25ª Bienal de Veneza e, nesse período, visita uma exposição de Matisse, em Paris. Mas permanece a maior parte do tempo na Itália. Descobre a tradição da pintura italiana com Margaritone d'Arezzo, artista do final do século XIII, que utilizava a têmpera a ovo, e visita por 18 vezes a série de afrescos executados por volta de 1305, por Giotto, na capela degli Scrovegni, em Pádua.

Essas transcrições tonais, extremamente sutis, aparecem em sua produção de uma forma muito particular. O crítico Rodrigo Naves comenta o processo criativo do artista: "Volpi também procura um anonimato, mas não no presente e na impessoalidade industrial. A impessoalidade que se depreende de suas telas encontra suas fontes no mesmo tempo lento com que as suas formas se mostram. A semelhança de suas cores com a aparência dos afrescos que ele tanto apreciava revela seu interesse pela criação de experiências que evoquem um tempo longamente sedimentado." [6]

Ao retornar ao Brasil, a presença primordial da cor preludia a construção de seus trabalhos e de sua poética tonal. Até o final dos anos 1940, Volpi fazia pintura de paisagem, mas aos poucos

5 Entrevista para o jornal *O Globo*. Rio de Janeiro, 21.03.1975.

6 NAVES, Rodrigo. "A complexidade de Volpi – Notas sobre o diálogo do artista com concretistas e neoconcretistas". *Novos Estudos Cebrap*. São Paulo, n. 81, jul. 2008.

sua obra fica destituída do aspecto naturalista e ele, então, adota novos procedimentos compositivos ao utilizar elementos geometrizados, como a série de fachadas, com enorme significação pictórica e uma espacialidade moderna.

Nas suas declarações: "Minha pintura começou com a natureza e foi se transformando naturalmente. A natureza, a parte figurativa gera um problema que é (...) a pintura tonal, é a pintura da luz, da atmosfera. A natureza é a luz. Agora o problema é a cor. Preciso resolver a linha, a forma e a cor, como uma construção. Não tem mais problema da luz (...). Para mim só existe a cor (...). O assunto não é pintura. A construção sempre se repete. Aí modifica a cor e toda a estruturação. É um problema da cor. Mas a forma serve para tudo, para repetir outro anel de cores."[7]

7 Entrevista de Volpi para a TV Cultura, 1975.

Sua presença torna-se cada vez maior no cenário da arte brasileira. Na 2ª Bienal de São Paulo, em 1953, recebe o prêmio de Melhor Pintor Nacional, dividido com Di Cavalcanti, que o consagrou no circuito da vanguarda e, ao mesmo tempo, revelou, na afirmação do seu grande amigo e colecionador Theon Spanudis, "um dos maiores coloristas do nosso tempo."[8]

8 AMARAL, Aracy A. *Op. cit.*

Os anos 1950 marcam o período em que as vertentes do construtivismo encontram uma enorme ressonância no Brasil por meio dos movimentos concretista e neoconcretista, que criaram novos rumos para o repertório geométrico no nosso meio artístico. Volpi estabelece intensa interlocução com o grupo de intelectuais que frequentava a sua casa-ateliê – Theon Spanudis (seu primeiro colecionador), Willys de Castro, Hércules Barsotti, Waldemar Cordeiro, entre outros. Decio Pignatari observou em Volpi uma "sensibilidade da cor que os concretos não tinham."[9]

9 AMARAL, Aracy A. *Op. cit.*

Participa, como artista convidado, da 1ª Exposição Nacional de Arte Concreta, em 1956, realizada no Museu de Arte de São Paulo, e traz uma resposta muito pessoal na sua passagem temporária pelos dois polos. A sua afinidade com a estética concreta vai libertar a cor do compromisso com a representação e estabelecer outros parâmetros para maior redução das formas e o uso de cores mais intensas. De certa forma, Volpi incorpora a estética do movimento, pois utiliza a cor pura e reduz o vestígio do pincel. Não adota a tinta industrial, mantendo o procedimento artesanal da têmpera, sem o uso de réguas ou compassos para obter formas geométricas perfeitas.

O componente essencial da pintura de Volpi são as questões relacionadas com a cor, que sempre foi o seu principal veículo expressivo e que ganha autonomia ao se libertar do compromisso com a representatividade. Como elemento estruturante, a cor passa a ser tratada pelas suas qualidades visuais, seja para organizar a superfície da tela, seja para dinamizar o ritmo da construção e da geometria, com infinitas possibilidades de ordenação do espaço.

Os anos 1960 marcam a sua escolha, pela crítica de arte do Rio de Janeiro, como o melhor pintor brasileiro, e é considerado o período mais fecundo de sua produção. Muitas variantes que aparecem na sua organização espacial nesse período serão incorporadas às décadas seguintes, que assinalam também a realização de muitas composições e estudos em pequenos formatos.

A repetição é uma constante em telas aparentemente similares, e a cor, principal foco do seu pensamento plástico, ganha uma qualidade visual autônoma, que ordena a superfície da tela. É eliminado o espaço representacional e são sintetizados os elementos figurativos e abstratos. Os temas do seu repertório plástico – bandeiras, fachadas, ampulhetas, mastros, velas – aparecem agora como signos pictóricos; são elementos geométricos autônomos, modulados e seriais, conjugados com permutações de cor por meio de composições que parecem ter uma questão matriz: são conjuntos de elementos abstratos combinados e sistematicamente repetidos, com variações cromáticas infinitas, sobre as mesmas construções básicas. Suas fachadas nos interrogam, são quase enigmáticas, e nelas pairam pulsações, inquietudes tonais, como se o olhar estivesse em suspensão.

As numerosas pequenas composições que ele produz nesse período trazem, nessa escala mais reduzida, um elemento mais meditativo, mais intimista, e apresentam uma frequência de cores muito particular: "Essas telas em pequenos formatos são mais introspectivas (...) e com uma luminosidade quase pastoral".[10]

A excepcional qualidade da obra de Volpi nos conduz a um território moderno, complexo, sensível, de intenso cromatismo e texturas, e acentuado por uma rara inteligência plástica.

10 SALZSTEIN, Sônia. *Volpi*. Rio de Janeiro: Campos Gerais, 2000.

Do lado esquerdo da mesa: SÔNIA SALZSTEIN, PAULO SÉRGIO DUARTE, RODRIGO NAVES e LORENZO MAMMÌ; do lado direito: ALBERTO TASSINARI, PAULO PASTA e VANDA KLABIN

6 PERGUNTAS SOBRE VOLPI[1]

EM 5 DE FEVEREIRO DE 2009, das 12h30 às 18h30, na sede do Instituto Moreira Salles, reuniram-se para um debate sobre a obra do pintor Alfredo Volpi (1896-1988) os críticos Alberto Tassinari, Lorenzo Mammì, Paulo Sérgio Duarte, Rodrigo Naves, Sônia Salzstein, Vanda Klabin e o pintor Paulo Pasta. Esse encontro foi realizado no contexto da exposição *Volpi: dimensões da cor*, inaugurada no IMS-RJ em 28 de abril de 2009. Como curadora da exposição, coube a Vanda Klabin conduzir as discussões, fazendo seis perguntas aos debatedores.

1 Contrariamente a seu projeto inicial, devido a dificuldades na cessão dos direitos autorais, este livro não contém imagens das obras de Alfredo Volpi para ilustrar as discussões do debate.

À esquerda SÔNIA SALZSTEIN; à direita PAULO SÉRGIO DUARTE

PRIMEIRA PERGUNTA

VANDA KLABIN Volpi era um imigrante italiano que nunca se naturalizou. Autodidata, não teve nenhum mestre e não frequentou instituições de ensino. Chegava mesmo a dizer que aprendia pintando. Trabalhou à margem dos movimentos de vanguarda nacionais e internacionais, bem como das vertentes estéticas dominantes. Não pertenceu a nenhuma escola. Por outro lado, conviveu num meio cultural muito sofisticado e intelectualizado. Muito do que aprendeu, ao que parece, veio da observação, da convivência com outros artistas, e, claro, da visita a exposições. Foram essas as fontes que o familiarizaram com o vocabulário artístico da pintura moderna brasileira, da qual se tornou um dos grandes nomes. À medida que se afirma na arte brasileira, sua obra vira um ponto de articulação entre o modernismo dos anos 1940 e o concretismo da década seguinte.

A pergunta que eu gostaria de fazer a todos os presentes é: como ele pôde ter se tornado um dos mais expressivos pintores brasileiros, uma vez que seu trabalho, tão singular, foi feito um pouco à margem de todos os movimentos artísticos predominantes, nacionais e internacionais?

LORENZO MAMMÌ Só para quebrar o gelo, tenho um argumento. Na verdade, Volpi, embora não tivesse uma formação acadêmica, acompanhou todo o desenvolvimento posterior ao modernismo da semana de 1922. Sua primeira fase, aquela da família paulista, é um tanto regional, ainda um pouco acanhada, porém já possui uma certa solidez. Mas a virada da década de 1930 para a de 1940 foi um momento fundamental não só para o Volpi. Ocorreu, então, em vários níveis, uma releitura do modernismo, uma releitura dos aspectos mais vernaculares, mais nacionalistas da cultura brasileira. Essa releitura buscava encontrar, em certos planos de expressão mais artesanais, uma densidade formal forte. Guignard faz isso; Lúcio Costa, na mesma época, começa a fazer um Le Corbusier vernacular; Caymmi, Manuel Bandeira etc. Vê-se no período a descoberta de uma certa linguagem, que já é uma linguagem constituída, comum, popular, simples, mas não étnica, isto é, não ligada diretamente ao folclore. Essa nova linguagem é mais ligada à urbanização do Brasil nas décadas de 1930 e 1940, e faz dela uma interpretação formalmente sólida. Volpi é um dos protagonistas dessa virada. Na verdade, forma-se em volta dele um ambiente denso, pois ele frequenta De Fiori, Segall, o Clubinho dos artistas. Evidentemente, aquele com mais coragem vai mais longe, formula melhor a mudança, mas ela está no ar durante o período. Sendo assim, o Volpi não me parece um caso tão isolado.

PAULO SÉRGIO DUARTE Vocês conhecem o estalo do Vieira? Reza a lenda que o padre Antônio Vieira era um sujeito muito burro, limitado, e que um dia veio aquele estalo de Deus na sua cabeça e ele desandou a fazer sermões maravilhosos, daí o nome "estalo do Vieira". Pois é, nunca acreditei muito nisso. Evidentemente que o Volpi não pode ser explicado por um "estalo do Volpi". Muito importante nisso que o Lorenzo falou é o relacionamento do Volpi com o contexto cultural, ou formal, e a possibilidade de um contágio de áreas distintas. Porque, no mundo atual, há uma falsa especialização, principalmente entre nós, que somos neófitos da academia. Mas na época havia essa interação entre poesia e música, ou entre as demais áreas de criação – o Lorenzo relacionou Caymmi e Bandeira, e lembrou do Lúcio Costa. É muito importante retomar isso, sobretudo para entendermos melhor como esse "contágio" aparece na tela do jovem imigrante. Afinal, do ponto de vista técnico, ele chega aqui e, no tratamento que dá à sua obra, realmente cria uma situação inédita. Nela está enfatizado muito fortemente o aspecto artesanal. A escolha da têmpera a ovo é decisiva para o resultado formal. É essencial a visibilidade daquela pincelada, tornada possível graças ao uso da têmpera. No Volpi, a questão técnica é, portanto, extremamente ligada à questão da linguagem. Se de um lado há um certo ineditismo na fatura, ao mesmo tempo há isso que o Lorenzo apontou: um fenômeno estético que ultrapassa os limites das respectivas artes.

VK Quero fazer uma pergunta para o Lorenzo. Segundo o seu raciocínio, haveria uma certa oposição entre essa nova formulação cultural e um primeiro nacionalismo, oriundo da Semana de 1922 e presente na obra de um Portinari ou de um Di Cavalcanti?

LM Não num sentido explícito, mas há evidentemente uma saturação daquele discurso um pouco temático, do tipo "mulato inzoneiro". A nova formulação estética é a expressão de uma cultura mais ligada à manufatura, mais ligada, quase, a uma classe operária. Enfim, mais ligada a um fazer, digamos, do trabalho mesmo. Isso aparece em vários aspectos. Aqui em São Paulo, há uma tentativa de absorver uma leitura do *Novecento*, mais italiano, de gostos primitivos, em que o primitivo vira o artesanal, em vez de ser o antigo. Então o Emídio de Souza faz um papel que faria um pintor trecentista, se ele fosse italiano. Volpi vai buscar uma origem popular, para esquematizá-la, reduzi-la e estilizá-la.

PAULO PASTA O que sempre me chamou a atenção no Volpi é que ele dá expressão, talvez a melhor expressão, à vontade concretista, e depois parte para outra. Opta por uma evasão, afastando-se daquilo. Eu identifico muito o Volpi com o Manuel Bandeira nesse sentido. Assim como o escritor, ele é o melhor artista plástico, nesse momento, a proceder uma evasão para o cotidiano. Essa vontade de encontrar o homem comum, o homem simples, se reproduz na ida para a têmpera. É uma simplificação da tinta. Quer dizer, resolver a pintura para o Volpi era simplificar. Parece que resolver a questão, para ele, é simplificar. Nesse sentido, ele vai de encontro à grande simplicidade que na época era tida por algo "tosco", "primitivo". Mas eu acho que é esse refinamento, ou essa simplificação, que está na cultura da época como um todo. E, para o Volpi, a simplificação está tanto nos temas quanto na opção pela têmpera. Quando ele vai para a têmpera, aí não dá para esquecer que era um pintor de parede, não é mesmo?

SÔNIA SALZSTEIN Retomando a pergunta proposta pela Vanda, eu acrescentaria que a pintura do Volpi de meados dos anos 1930 – o Lorenzo menciona final dos anos 1930, mas creio que é preciso recuar aos anos iniciais dessa década; por exemplo, às paisagens de Mogi das Cruzes – já revela um pintor profundamente refinado, e num período anterior ao convívio dele com os poetas concretos. Um momento em que ele não circula por rodas intelectuais. Deve-se levar em conta o fato de que a formação autodidata é algo encontrável, muito encontrável, na história da arte brasileira, e não só nela, mas na história da arte moderna internacional. Com o colapso das academias de arte, as trajetórias frequentemente se fazem por si sós, de modo autodidata. Embora muitos dos impressionistas vez por outra as frequentassem, eles tomam rumos a contrapelo das academias; não vejo, portanto, como excepcional o fato de Volpi ter se firmado à margem do ambiente mais intelectualizado da época e sem ter tido estudo artístico formal. Seria inapropriado rotulá-lo como "ingênuo", "simplório", "inculto", só por ele não ter tido uma "formação artística", uma trajetória que se pudesse identificar a escolas ou movimentos. Temos de considerar – e de novo remeto ao que o Lorenzo falou – que aquele era um momento de revisão das fontes da tradição moderna, seja no contexto brasileiro ou no internacional, embora tal revisão respondesse em cada um deles a circunstâncias históricas diversas, mas intimamente conectadas. Chegavam então a São Paulo exposições de arte francesa e de arte italiana, por exemplo. Um texto do Sérgio Milliet menciona o quanto o Volpi se demorou na observação de um Cézanne, na mostra de arte francesa. Volpi tinha, sim, uma cultura visual e os refinamentos que ela supõe, e além disso convivera com pintores-decoradores de origem italiana, muitos deles ligados ao Liceu de Artes e Ofícios. Embora trabalhando na decoração de residências, esses artistas traziam, sem dúvida, uma tradição do ofício e aportavam ao ambiente paulista algo dessa grande cultura figurativa italiana que, decantada, se transmite para a obra do Volpi. É importante desmitificar essa imagem que o Volpi tem de simplório, ingênuo e meramente intuitivo.

PSD Vale sublinhar, aqui, duas constelações de problemas que conviviam naquela época, cada uma com seus respectivos níveis de sofisticação. A primeira possui um viés ideológico, englobando a busca do nacionalismo, das raízes, e a afirmação da identidade nacional por meio da arte. A outra se libera dessas questões para cuidar da existência cotidiana e incorporar temas que resultam em soluções formais melhores e mais adequadas para a arte do que aquelas que exigiam um programa ideológico. Eu acho que a inteligência estética do Volpi está na adesão a essa segunda constelação, e não à primeira, já que as duas conviviam naquele momento da nossa história cultural.

RODRIGO NAVES Se o raciocínio do Lorenzo está certo, e tudo indica que está, havia surgido na época uma reflexão mais sofisticada sobre o Brasil, que ultrapassava a mera eleição de certos símbolos brasileiros, a mulata ou algo que o valha. Era o momento de pensar um pouco na própria constituição da convivência nacional, entre outras coisas. Por outro lado, é curioso que essa dimensão reflexiva seja quase envergonhada. Parece haver uma espécie de recusa a ela. E só para ampliar um pouco o campo do raciocínio que o Lorenzo desenvolveu, além de Lúcio Costa, Caymmi e Guignard, podem-se acrescentar, já que são mais ou menos contemporâneos, Gilberto Freyre, Sérgio Buarque... Até na grandeza do Gilberto Freyre há uma solicitação de mescla que é extremamente inovadora, que é uma espécie de recusa a um purismo, e o purismo vai num sentido muito diferente da sutileza tonal do Volpi. Enfim, eu concordo com você, Sônia, que há uma sofisticação no Volpi, mas que ele contribuiu muito para essa aura de ingênuo, ele contribuiu. Era o primeiro a dizer que não tinha influência de ninguém, e coisas assim. O único cara que ele assumia como influência era esse Emídio, além do De Fiori, e depois o Giotto, mas aí não vale, pois quem não é influenciado pelo Giotto?!

SS E o Margaritone d'Arezzo, que fazia pintura a têmpera também.

RN Certo, o Margaritone. Então é curioso, porque é ao mesmo tempo um movimento reflexivo mais sutil...

SS O Volpi chega a mencionar a afeição dele por Morandi, mas não em termos de uma influência...

LM Bem, ele não enuncia suas influências em palavras, mas muitas vezes enuncia em pintura. Existe, por exemplo, um quadro chamado *Jogadores de cartas* que, evidentemente, é uma leitura de Cézanne; existe também um retrato que é quase uma *Madame Cézanne*; existem figurinhas de Goeldi nos quadros dele; existem coisas que são claramente metafísicas; os quadros de Mogi das Cruzes que foram mencionados são muito próximos ao Segall da época; enfim, são sempre dois, três quadros seguindo uma determinada linha. Depois que ela está incorporada, não precisa mais fazer. Era uma maneira de ele aprender.

RN Concordo com tudo isso, mas essa imagem de alguém meio ingênuo – equivocada, sem dúvida – é de certa forma compatível com essa estranha reflexão que recusa a si mesma. A coisa é tão sutil que não parece reflexão, parece uma experiência que vira teoria por si mesma, sem trauma. Cada vez mais eu tenho dúvida se isso é bom ou ruim. Só para dar um exemplo bastante claro: há pouco tempo, o Frank Stella esteve no Brasil e um amigo nosso apresentou-lhe reproduções de quadros do Volpi. Ele falou: "Isso aqui é primitivo". Quer dizer, tem alguma coisa ali que justifica esse rótulo. Alguma coisa ali "encasqueta", embora o Volpi nem de longe seja um primitivo.

SS Acho que algo de pitoresco, um tanto refratado, permanece nas melhores telas de Volpi, e que impede que nós o consideremos um pintor autorreflexivo de fato. Não faço aqui uma reserva à obra. Ao contrário, a preservação de um naturalismo muito mitigado confere a ela uma ambiguidade, e esta ambiguidade – resultante de uma atitude que é, ao mesmo tempo, de afeição e desconstrução da tradição pictórica – é o que propriamente a torna interessante.

PSD Eu comecei a estudar arte brasileira meio tardiamente, pois antes só me interessava pelo que a minha geração fazia. Quando saí do Brasil, em 1969, eu era muito jovem. Sentia um profundo desprezo por tudo aquilo que não era contemporâneo, e havia tido pouco contato com a produção das gerações anteriores. Mas a partir daí me interessei e fui estudar história da arte. Quando voltei, em 1978, eu e o Ronaldo Brito tínhamos umas reuniões na empresa Villares, para discutir problemas da Bienal. E na entrada da sala de reuniões havia um quadro do Volpi impressionante. Toda vez que eu entrava ali, o quadro me impressionava, e quando a gente saía da sala eu olhava para ele de novo. O Frank Stella que me desculpe, mas ele viu mal, porque é uma obra muito sofisticada. Aquele quadro na Villares não é um exemplo isolado, existem outras ocorrências de uma sofisticação extrema que torna impossível considerar o Volpi um primitivo. Primeiro, porque o quadro é muito maior do que a sua dimensão física, quando se leva em conta o espaço embutido nele. É uma abertura que é nova. Quando o Rodrigo Naves escreve sobre os quadros do Milton Dacosta, nos quais os castelos, com frequência, são uma espiral para dentro do quadro que quer ser doméstico, quer se privatizar, a contrapartida disso simultaneamente é a espacialidade, é a generosidade pública do espaço, e isso é uma característica dos menores quadros do Volpi. O espaço se expande, ele quer sair da sala, quer ser maior que a coisa física na qual está contido. Isso é de uma sofisticação muito grande, do ponto de vista estético. Não interessa para mim se vai ser primitivo ou pitoresco ou popular. Interessam essas questões que estão contidas no quadro, que são esteticamente muito sofisticadas. Não quero salvar a cara do Stella, não, mas é difícil para um norte-americano olhar o Volpi, mesmo os quadros dos anos 1940, que aos nossos olhos parecem lindos e maravilhosos, com aquelas ruas, aquelas casas chapadas, aqueles tons deslumbrantes. Aquilo é nosso, pertence a nossa genealogia, mas, a um norte-americano, não pertence, soa primitivo, porque ele está lidando com o esforço dos antecessores em pensar os cânions de concreto de Manhattan. A espacialidade deles era outra. Ou era o Grand Canyon natural ou o cânion de concreto de Manhattan. Um exemplo disso é o Barnett Newman. Eles trabalhavam numa escala e tinham uma relação com o espaço, que não se encaixam na nossa história da arte. Aqui, um pintor tinha que inventar o espaço pois não havia lugar para colocar a obra se ela fosse muito grande. Nem onde fazer nem onde colocar. Já o artista norte-americano consegue impor aquilo, embora, pensando bem, até o Barnett Newman tenha passado dez anos sem vender um quadro, sustentado pela mulher, que era professora de escola. Enquanto não fez uma importante exposição retrospectiva no museu Guggenheim, ele ficou num ostracismo tremendo. Ele não teve o sucesso do Jackson Pollock. Então esse aspecto da espacialidade característica da nossa arte se torna importante, mais do que a oposição entre popular e primitivo.

PP Como foi apontado em textos do Rodrigo e do Lorenzo, a sofisticação presente no Volpi fica evidente na sua relação com a arte do Renascimento italiano. É nela que o Volpi vai buscar a "profundidade rasa" dos seus quadros, o que demonstra sua sensibilidade. Enquanto procurava soluções plásticas para o seu trabalho, teve inteligência e sofisticação para ver isso naquelas obras. É um processo sofisticado e muito bonito, vê-lo filtrando esses elementos através da arte popular. Ele percebe, num determinado momento, que a cultura que tem, ou que a gente tem aqui, de uma maneira muito mais forte, é a cultura popular. Então o que ele faz? Filtra via cultura popular. Pensar nisso me deu a chave para entender o porquê desse aparente primitivismo. Na verdade, vai além, é sofisticação.

RN Sobre algumas obras do Hélio Oiticica e da Lygia Pape, que fizeram carreira fora, tem-se a contribuição do olhar estrangeiro. Sendo assim, certas obras pelas quais podemos até vir a ter uma reverência excessiva, passam a estar submetidas a pontos de vista mais diversos, o que é muito enriquecedor. Contudo, isso não aconteceu com quase ninguém. No que se refere ao Volpi, achei curioso esse episódio do Frank Stella, porque, enfim, o cara diz o que pensa. Quando a obra do Volpi começar a circular fora do país, algo que me parece inevitável, será muito interessante termos, enfim, críticos estrangeiros que se detenham e comecem a pensar sobre ela. Tomemos o caso do Frank Stella. É evidentemente impossível enxergar uma sofisticação como essa que o Paulo Sérgio acabou de mencionar a partir de reproduções impressas dos quadros. É preciso conviver com eles.

PP Ainda que o Sean Scully tenha percebido na hora, né? Ele viu um Volpi e quis comprar imediatamente.

VK Ele quis comprar um Volpi?

PP Ele quis comprar o da coleção Cisneros.

LM De fato, havia diferentes modernismos nas décadas de 1930 e 1940, mas isso era um processo muito tímido. O Rodrigo tem razão em duas coisas. Primeiro, ao dizer que os artistas se apresentavam quase como pessoas ingênuas. Isso pode ser verificado tanto no Guignard quanto no Volpi, e até no Caymmi. Eles não teorizam, não se propõem a fazê-lo. Depois, o Rodrigo está certo ao chamar atenção para o fato de que há um tipo de artista cuja obra é mais refratária a uma leitura horizontal, destituída de contextualização. Ainda mais se comparada à pintura internacional, à arte internacional. Alguns transitam bem nesse meio, outros precisam do contexto. Vejam o Morandi, cuja obra agora está tendo uma grande retrospectiva nos Estados Unidos. Esta é a primeira retrospectiva por lá. Ele é outro tímido, outro modernista tímido.

RN Essa é uma boa comparação, porque do Morandi, mesmo no Museu de Arte Moderna de Nova York, que fez uma leitura séria dessa arte, até outro dia havia apenas um quadro, e metafísico. Por quê? Porque aí encaixava. É incrível que um pintor da qualidade do Morandi, de fato um caso muito semelhante ao do Volpi, só tenha entrado nos Estados Unidos agora.

LM Um dos motivos dessa resistência ao Morandi nos Estados Unidos deve-se ao fato de ele ser um pintor tonal, assim como o Volpi. O tonalismo não entra na cultura norte-americana, não é o tipo de linguagem que entra nesse *mainstream* norte-americano. Tirando o Scully, que não por acaso comprou um Volpi.

ALBERTO TASSINARI Mas onde o Volpi, na década de 1960, é tonal?

RN Os exemplos são muitos.

AT O que você chama de tonal?

RN Tonal é a relação entre tons de uma mesma cor.

AT Contraste de claro e escuro?

RN Maiores e menores luminosidades de uma mesma cor, isso é o tom.

AT Mas o Volpi trabalhava assim quando era mais figurativo. Quando ele fica mais geométrico os contrastes não são de claro/escuro, são de cor.

RN E de forma.

AT Então ele deixa de ser tonal.

RN Como?

AT Quando se fala em pintor tonal, faz-se uma grande confusão. Existe o contraste de cor, as qualidades das cores: vermelho com amarelo contrasta. E existe o contraste de valor, que é o claro e o escuro, que é o tonal. Dito isso, o Morandi é tonal, o Volpi não é. O Iberê também é muito mais tonal que o Volpi. O fundo de um grande quadro do Iberê, do fim da vida dele, ou mesmo de um da fase dos carretéis, por exemplo, ou ainda voltando aos do fim, aqueles que têm o fundo todo azulado, aquilo sim é uma variação em torno de um tom. O Volpi não é um artista tonal comum. Há momentos em que ele é propriamente tonal. Se pegamos um quadro que tem aquela estrutura de vela, um que é todo preto, aquilo é ser tonal. Mas em outros, ele, além do tonalismo, já incorporou a geometria, e o tonalismo está muito mais no modo como então trabalha a tonalidade dentro de cada forma geométrica que usa no quadro, e não no quadro todo. Nos quadros da década de 1960, que eu julgo serem os melhores, se não houvessem aquelas pinceladas, até um pouco mecânicas, que fazem parecer que ele está caiando o quadro – o já citado tratamento artesanal –, se ele não tivesse essa microestrutura de tonalidade, aí sim, de claro-escuro dentro de cada uma das áreas de cores contrastantes, o quadro ia ficar muito chapado, ia ficar pobre. Quando o Lorenzo falou que nos Estados Unidos eles não entendem a pintura tonal, é verdade. Você pode ver isso na década de 1960, com Andy Warhol fazendo serigrafia, e mesmo se pegar o pessoal da costa oeste, Diebenkorn, por exemplo. Eles têm outros interesses. Mas essa estratégia do Volpi, aos norte-americanos, parece regressiva, pois se trata de uma microtonalidade. As formas do Volpi não devem nada ao Ellsworth Kelly, mas eles não entendem por que o quadro foi caiado. Com isso o olhar norte-americano contemporâneo não sabe lidar, porque a tonalidade na arte moderna é uma coisa europeia e moderna, e não contemporânea e norte-americana. Eles não conseguem ver, e se já têm dificuldade de ver o Morandi, que é mais fácil de pegar de pronto, imaginem a dificuldade que têm de ver o Volpi.

RN Concordo.

AT Se você for examinar a parte mais figurativa da pintura dele, a menos geométrica, a pintura do Volpi é tradicional, mas a pincelada não, é toda com claro-escuro. Conforme vai se tornando geométrico, o Volpi torna-se um grande colorista, talvez o maior dentre os brasileiros. Essa cor dele, dentro de cada cor, tem um timbre, aí há uma tonalidade ressoando, realmente. Agora, entre as áreas de cores diferentes, você tem um baita contraste. O Volpi é essa complicação. Como todo grande artista brasileiro, ele é uma singularidade: um colorista que é tonalista.

RN No entanto, a despeito do namoro forte que o Volpi tem com o concretismo, em sua obra, mesmo quando há contraste de cor, não se pode dizer que ele seja um colorista no sentido matissiano do termo, pela razão que você próprio apontou: a cor está sempre se constituindo no interior dela. Ainda que a cor seja intensa, sua luminosidade é tonal, porque sempre reverbera no interior dela mesmo; é caiada, como você acabou de dizer.

AT Admito, mas há quadros em que temos uma sinfonia, não é, Rodrigo? São cores muito diferentes.

RN Uma sinfonia tonal...

AT Ponha um vermelho do lado de um azul, mesmo que eles sejam luminosos e tenham essa estrutura no interior de cada cor tonal, o contraste entre eles é totalmente de cor. Além de haver um contraste entre as diferentes formas geométricas, que se destacam. Então, se o Volpi trabalha nesse cruzamento, é uma dificuldade para um norte-americano, que olha isso e diz: "Isso aqui é um cara que desenhou formas geométricas e é um pintor caipira, que caiou a parede". Só que na verdade não é nada disso. Ele juntou Matisse com Morandi.

LM Tonal para mim não é só o artista que usa poucas cores. Às vezes você usa cores extremamente variadas, mas cria uma escala com elas. Veronese, por exemplo, cujos quadros são um carnaval de cores, é no entanto um artista tonal. É possível ter mais cor que em *As bodas de Caná,* do Veronese? Aquilo é tonal, porque tem toda uma resposta em verde e vermelho para criar uma escala de profundidade, e nesse sentido tudo é tonal.

AT Você está falando mais como se fosse de música.

LM Não, estou falando que você cria uma escala de cores para criar uma sensação de intensidade decrescente e crescente...

AT Crescente e decrescente em termos de quê? De luz?

LM De luminosidade. Se você passa um Veronese para gravura, vira retícula, com traços mais e menos densos. Mas um Matisse não se consegue reproduzir em gravura, porque se trata de um colorista pleno.

AT O Morandi conseguia lindas gravuras com ele mesmo, você tem razão. Não digo que onde há cor não há tonalidade, o que eu estou falando é que há uma grande confusão quando se fala em tonalidade. Parece que o quadro inteiro é feito com a mesma cor, o que também é o caso, mas não é só isso. Você tem razão ao ampliar o termo. Outra confusão é que um tom é uma cor, e se você trabalha com tonalidades, você trabalha em torno de uma cor ou em torno de cores que, digamos, formam uma harmonia e dão essa sensação luminosa, mas o ponto não é a cor. Com uma ou várias cores, basicamente isso está ligado à questão do claro e do escuro. É um balanço de luzes. Quando o Berenson olha a pintura impressionista e fala: "Eles não sabem balancear os valores", é porque está com outro olhar, preso à tradição, em que se subordina ao valor, ao tom.

RN Vale dizer que esses termos claro e escuro dizem respeito a uma escala de luz, e não remetem ao *chiaroscuro*, que diz respeito à luz e sombra. É bom dizer isso porque usar esse termo *chiaroscuro* para descrever a pintura do Volpi seria um equívoco, pois daria a impressão de que a gente vê volume na pintura do Volpi. E o interesse dessa pintura é que não há volume. Por isso ela é tonal e não só uma questão de balanceamento de claro e escuro.

Em primeiro plano, ALBERTO TASSINARI; em seguida, PAULO PASTA e VANDA KLABIN

SEGUNDA PERGUNTA

VK Os anos 1950 marcam o período de maior repercussão do concretismo e do neoconcretismo no meio artístico brasileiro. Volpi produziu a sua obra à margem desses dois polos, mas seu interesse pelos artistas concretos foi enorme. Entre eles, Theon Spanudis, Willys de Castro, Waldemar Cordeiro e Hércules Barsotti, que o aproximam muito do movimento. Apesar de ele ter sido tão próximo dos concretistas, jamais houve uma adesão oficial de sua parte, muito menos uma adesão incondicional. Volpi não abandonou a pintura à têmpera e não adotou os procedimentos industriais. Permaneceu constante a ação de sua mão sobre o material, visto que ele fazia a própria têmpera, os pigmentos, os chassis etc. A pergunta é: essa aproximação com os concretistas não trouxe nenhuma fratura na produção posterior da obra dele? Como é que a interlocução com os concretistas influenciou sua obra subsequente? A geometria e a cor, muito presentes nos trabalhos dos anos 1950, são devidas a essa proximidade com os concretistas?

Em cima, ALBERTO TASSINARI; embaixo, RODRIGO NAVES

LM Há dois pontos importantes para responder a sua pergunta. Em primeiro lugar, era importante para os concretistas estabelecer uma filiação que não fosse com o Portinari, pintor cujos princípios estéticos não tinham nada a ver com os deles e que ainda por cima adquirira um caráter de arte oficial. Nesse momento, portanto, Volpi se torna uma figura central para a construção da história da arte brasileira. Nos textos que publica nessa época, Mário Pedrosa dá a ele um lugar à margem da pintura concreta, mas apontando-o como um dos maiores, se não o maior, mestre de nossa época. Nasce dessa forma a oposição Volpi versus Portinari. Do ponto de vista de Volpi, é interessante o fato de ele manter, dentro da estética concretista, o procedimento artesanal da tradição a que pertencia. Por exemplo em um quadro que era da coleção Adolfo Leirner, e agora está em Houston, no qual estão representados triângulos, verdes e amarelos, virados para lados opostos. Nos triângulos amarelos, ele rebaixou o tom por meio de velaturas com tinta branca, coisa que concretista algum jamais faria, pois é um procedimento artesanal, e a cor para o artista concreto é um elemento conceitual. Entretanto, aquele talvez seja um dos quadros concretos mais bonitos. O quadro incorpora a estética concreta, com procedimentos que são tudo, menos concretos. Outro exemplo seria o quadro em que o Volpi faz um círculo e uma diagonal de quadrados vermelhos. O conjunto é totalmente assimétrico em relação ao centro do quadro, ou, dito de outro modo, aquela simetria não é redutível a um princípio geométrico. Enfim, continuamente o Volpi faz esse vai e vem entre um procedimento artesanal e um procedimento conceitual.

VK O que o torna muito singular. É importante para os concretistas naquele momento, mas tem um caminho próprio.

LM Exatamente.

PP Ele o tempo inteiro usa as cores para fazer espaço, e esse é um recurso muito frequente no concretismo. Mas ele dá um passo além. Nesse sentido, o Volpi é muito neoconcreto. Ele cria uma permuta, uma reversibilidade, na qual cor e espaço não são nem uma coisa nem outra. Foi o jeito de ele assimilar o concretismo.

SS É importante ressalvar que esse processo de simplificação, de ênfase na bidimensionalidade, vem de muito antes do contato com os concretos. É perceptível desde os últimos anos da década de 1940, para não mencionar o tipo de "sensibilidade linear" – falando como Roberto Longhi –, que desde os anos 1920 já está presente em tantas pinturas de Volpi. Não se faria justiça à sutileza desde sempre presente na obra do artista dizer que só nos anos 1950, depois do contato com os concretistas, sua obra se atualizou, se desprovincializou, enfim, ganhou desenvoltura e inteligência construtiva. Já havia experiência acumulada. O contato com os concretos foi profundamente renovador porque a experiência que Volpi vinha cultivando predispunha sua obra a essa aproximação, tornava-a sensível àquela pintura que prezava a simplicidade. Faço essa ressalva apenas para notar que, a meu ver, não houve uma ruptura em sua obra após a aproximação com os concretos.

AT Os quadros da época são bem diferentes entre si, embora usassem os mesmos elementos, como faziam os concretistas paulistas. Acho que o Volpi é mais próximo dos neoconcretos, justamente porque não conseguia serializar tanto.

SS Depois do chamado período concreto, ele se livra da pitada de pitoresco que marcava muito de sua obra figurativa. Algo desse pitoresco permanece, como eu disse, na obra madura do pintor, mas já então no contexto de um reexame que ele faz de sua pintura, nos anos 1960.

AT Ele faz o que quer. Em algumas horas é totalmente concreto, em outras contraria todos os princípios do movimento. Não obstante, concordo que o concretismo dá a sua obra uma certa disciplina formal. Sua obra melhora após essa incorporação.

LM Eu hesito um pouco em aproximar Volpi do neoconcretismo. O neoconcretismo sai do concretismo por outro caminho.

AT Mas houve comunicação entre o Volpi e os neoconcretos.

LM Não a ponto de ele ficar mais próximo do neoconcretismo do que do concretismo.

RN Vou elaborar uma hipótese: falei com o Antônio Manuel que esse aspecto muito de saibro, de pó xadrez, que carrega muito fortemente a memória do pigmento, e que é tão característico do Volpi, pode ser relacionado a muita coisa que veio depois. Lembra as fachadas fotografadas pela Anna Mariani, por exemplo. Aquelas fachadas são pintadas somente com pó xadrez e cal, às vezes nem cal têm. E está ligado também aos *Bólides* de pigmentos do Hélio Oiticica. Eu falei com o Antônio Manuel, que conviveu muito com o Hélio, e ele acha que faz sentido dizer isso.

AT Aí é do Volpi para o Hélio.

RN Sim, ele influenciando o Hélio.

LM Nesse sentido, admito que pode haver uma proximidade entre o Volpi e os neoconcretos.

RN E outro cruzamento que eu acho plausível é com o Amílcar dos trabalhos de corte e deslocamento, que são tonais, e que ele dizia serem influenciados pelo Morandi. Mas o Morandi era um artista que também interessava ao Volpi, e o Amílcar, afinal, achava o Volpi o maior artista brasileiro. São relações possíveis. Contudo, me parece que depois do concretismo a noção de forma do Volpi se depura.

AT O Amílcar do fim, não o último, das obras que ele fez com os volumes que cortava e separava, tem um quê de figurativo; em muitas dessas obras, lembra Morandi, Torres García, Volpi, Milton Dacosta; tem um figurativismo vagamente sugerido. Agora, no Hélio eu acho essa influência mais evidente, é muito parecido. Aquelas cores dos *Bólides*, aqueles rosas, aqueles laranjas. Acredito ser possível relacionar o Volpi e o Hélio Oiticica.

Um é tapume pintado, o outro é parede caiada, mas têm sempre esse aspecto. No entanto, voltando ao que o Paulo Sérgio falou, é interessante perceber que o quadro do Volpi parece querer extrapolar o espaço. O uso da têmpera sugere isso, até porque a têmpera, em geral, é para pintar na parede, e não na tela. Então parece que você tem um painel ali, algo que não encontrou lugar, que quer explodir. Às vezes, nos estudos, ou em certos quadros menores, que chegam a ser muito pequenos, é impressionante a força que esse impulso adquire.

RN Mas ao mesmo tempo não é um Rothko.

AT Como assim? Não entendi.

RN O Rothko dá aos seus quadros uma dimensão atmosférica da cor muito forte.

AT Sim, mas, vendo alguns Volpis, já tive o sentimento de perder a medida do quadro. Você fica dentro do quadro; às vezes uma determinada forma faz você perder a dimensão da medida do quadro.

SS Ganha amplitude.

AT Talvez essa sensação decorra dos motivos representados, talvez das técnicas utilizadas. Mas é curioso como certas partes dos quadros do Volpi ganham autonomia. Você fica um pouco sem medida de onde está.

RN Eu acho que essa relação, vamos dizer, mais ou menos ambígua entre formato e cor, é diferente da que se cria no Rothko, em cuja obra a cor parece te envolver.

AT No Volpi, uma determinada forma se destaca e você perde a noção entre a parte e o todo, você perde um pouco a medida do espaço em que você está. No Rothko, a cor vai se formando, a tela é grande, a relação entre o espectador e o quadro é quase física. No Volpi, será que é assim?

SS Uma questão importante para compreender sua obra é a relação particular que ele manteve com a tradição. Lembro de um comentário do Fábio Miguez em que ele aproximava os melhores quadros do Guignard, nos quais as paisagens são liquefeitas, a certas obras do Arshile Gorky, em que também vemos algo dessas formas que se desfazem. Concordando com ele, observei que havia diferenças cruciais a motivarem esse "desfazer-se das formas" em um e em outro: Gorky tinha um procedimento analítico em relação à tradição. Nele, as formas desmilinguidas eram destituídas de qualquer naturalismo, enquanto em Guignard esse desfazer-se se dava ainda numa pintura atmosférica, num ambiente, por certo, de despedida da tradição, mas de apreço por ela e de afirmação dela, a despeito da fragilidade das formas sob as quais aparecia. O Gorky revela um pensamento vigilante perante a tradição; está se pondo criticamente perante ela. Esse aspecto está ligado à questão que você formulou há pouco, Rodrigo, quando cobrou reflexividade na obra do Volpi. Talvez ele não possa atender a essa exigência porque a relação que manteve com a tradição da pintura não era analítica, não era da ordem do comentário. Em plenos anos 1950, é uma relação afetiva. O interessante é que essa relação, que nunca foi iconoclasta, que passou longe da atitude de tábula rasa presente em boa parte da pintura europeia ou norte-americana do período, não nos autoriza a supor um pintor ingênuo ou passadista. A relação de sua obra com a tradição é, ao mesmo tempo, de acolhimento e desencanto. Mesmo que isso não fosse enunciado pela obra, o artista por certo não ignorava as incertezas que pairavam sobre a tradição da pintura àquela altura dos anos 1950 e 1960.

RN Ao responder à primeira pergunta, o Lorenzo sugeriu uma rede mais ampla de lirismo, vamos dizer assim, ou de uma espécie de nacionalismo rarefeito, de algo muito sutil na arte brasileira, que envolveria o Caymmi. Agora, a Sônia evoca essa relação, feita pelo Fábio, entre Guignard e Gorky. Eu posso até questionar se o Gorky e o Guignard realmente são artistas tão centrais assim, mas, independentemente disso, acho que você tem toda razão quando fala da relação ambivalente com a tradição. Para o Gorky, é explícita a relação, por exemplo, com os surrealistas e com Miró, que rompiam com a tradição. Essa explicitação não existe no Morandi. Então por que existiria no Volpi? A constituição do povo brasileiro também não é explícita, não se dá nesse sentido da guerra, da ruptura radical. Aqui se avança na base do compromisso. O norte não derrota o sul e acaba com a escravidão. Você vai tocando...

LM O limite desse segundo modernismo é justamente não ter chegado ao momento da crítica, da construção crítica. Acho que esse limite é do Guignard, do Volpi...

SS E acaba com o neoconcretismo...

LM Aí tem crítica, aí existe a vontade de fazer uma história da arte forte. Agora, nessa segunda geração modernista é preciso destacar o Lúcio Costa, pois não é à toa que a arquitetura brasileira dá o salto que dá. Ele tem, sim, uma leitura crítica fundamental. Aí há uma diferença de grau.

RN A questão do vernáculo é explícita no Lúcio Costa, tanto que nós somos os únicos modernos a usar azulejos. O Lorenzo tem toda razão. Isso é evidente e fez com que, de alguma maneira, por ser evidente, os arquitetos brasileiros tenham criado uma obra mais universal e a nossa arquitetura tenha adquirido uma dimensão que a nossa pintura não adquiriu. Isso é uma questão interessante de diferenciar. Porque, vamos ser claros, tem duas coisas internacionais no Brasil: a bossa nova e a arquitetura moderna. São os dois momentos críticos, um em relação ao samba e outro em relação à forma arquitetônica. Agora, uma informação pitoresca para vocês. Sabem o que significa vernáculo? Vem de *verna*, que em Roma era o escravo que nascia na casa do senhor. Olha que admirável! O cara acha que está em casa, mas é escravo (risos). Achei isso admirável.

VK É uma questão de geografia...

RN Que parece muito com o Brasil!
(risos)

PP Eu confesso que o Volpi, para mim, não tem uma cor atmosférica. Ela é local. Quando você fala da atmosfera em Rothko, é verdade. O Volpi não tem essa característica, exceto no seu início, sob a influência dos pintores Macchiaioli e em algumas paisagens de Itanhaém.

SS Você acha?

PP Acho, o efeito é local. É como você pintar uma coisa, um objeto...

PSD Quando eu pensei na ampliação dos limites físicos do quadro, não pensei na projeção, isto é, na ampliação para fora do quadro, e sim na sensação de que o quadro está vindo na minha direção.

AT Olhando uns quadros do Volpi e essas paisagens do Guignard, percebo uma dispersão. No Guignard, expressa por meio daquelas paisagens imaginárias. Ali não há tamanho. Como na história, suponho que contada pelo Walter Benjamin, de um sujeito que, ao contemplar um quadro, se viu entrando dentro dele e nunca mais saindo de lá. E quanto ao Volpi, do mesmo jeito que ele é um colorista, é também um luminista. É impressionante a capacidade dele de...

PP De arrumar motivos pra pintar.

AT De variar. A construção dele não segue nenhum padrão. De repente, aparecem formas inesperadas. Em alguns momentos elas se destacam, ganham autonomia; em outros, são talvez mais vernaculares, mais rústicas. Quero dizer que, entre a parte e o todo, às vezes você não tem medida. Falamos há pouco das fachadas da Anna Mariani, que de fato são bonitas, mas se você for ver o tamanho da porta em relação à casa, está tudo errado! Não tem proporção nenhuma. Não estou dizendo que o Volpi é idêntico aos construtores vernaculares, mas você fazer composições muito livres, que parecem muito fáceis, não quer dizer que elas de fato o sejam. Ou quando o Guignard faz aquelas igrejas espalhadas, com a dispersão que mencionei, você não está mais lidando com a construção, com a noção de medida entre as partes. Você está, claro, mas sob determinado ponto de vista não está; parece que a composição ganha uma autonomia que não responde a proporções previsíveis.

VK As fachadas não precisam de porta nem de paredes. Elas são retângulos flutuantes.

PP É o que o Volpi dizia das bandeirinhas: "Eu não pinto bandeirinhas".

RN Acho que abordamos um aspecto interessante, a partir da sugestão do Paulo Sérgio, de tentar pensar como é o espaço, a dimensão, tanto no Guignard quanto no Volpi. De maneiras muito diversas – um pela dissolução, outro pela articulação, uma articulação bastante singular –, ambos vão produzir obras muito inovadoras. Um quadro do Guignard de 20 × 30 e um de 1,20 × 2 não são muito diferentes. Ele é superfície, mas ao mesmo tempo não é.

AT Quando o pedaço de um quadro ganha autonomia, no Volpi salta um pedaço da construção e a noção de medida tem uma desmedida. Não é o sublime, mas é uma certa autonomia. Às vezes é porque a figura tocou com o fundo, mas não é um efeito óptico. Eu acho que tem a ver com a dispersão...

PP Ou com uma inteligência visual notável. Como ele vai desdobrando os temas, eu acho, como vai encontrando, às vezes, motivos para pintar dentro dos seus próprios motivos. Uma situação muito diferente da do Jorge Guinle. Falo isso porque estava outro dia olhando a exposição do Jorginho, e um fato que chamou minha atenção é como o Volpi resolve o problema do que pintar. Ele parece sair pintando. Vai pintando, vai saindo...

RN E tem uma dificuldade de acabar enorme.

PP É, mas a pintura parece sair sem sofrimento. Parece que ele trata disso com naturalidade, parece que sai da mão dele, flui.

AT Assim como ele é colorista e luminista, ele é também serial e construtivo. Ele trabalha com a série e aquela série também é construção. Faz as duas coisas simultaneamente. Ele não é um minimalista, evidentemente, mas também não é um construtivista no sentido rígido.

PP É porque ele nunca rompeu com o real, ele nunca é abstrato totalmente, sempre tem um eco do mundo.

AT Então a autonomia que as formas ganham tem a ver com esse elemento vernacular.

LM Parece que uma certa pintura moderna do Guignard e do Volpi se reduz ao plano e, reduzindo-se ao plano, perde o espaço ilusionístico da tela, mas também não encontra um espaço público fora da tela. Fica suspensa no meio, nesse lugar que não está nem para dentro nem para fora.

RN O nosso modernismo é muito assim.

LM Ficamos flutuando no meio.

SS Mas é preciso diferenciar o Guignard do Volpi. O Volpi consegue um grau de consistência, de domínio do espaço, que o Guignard não consegue, talvez por timidez.

LM Sem dúvida, mas mesmo Volpi não se vincula inteiramente a um plano geométrico, segundo os moldes concretistas, ou, por outro lado, a uma projeção quase heroica, que criaria, de fato, um espaço público. Ele fica num lugar estranho, que aparentemente se expande pelos lados.

SS Isso me faz pensar no fato de que Volpi pintou muitos estudos pequeninos e, quando os transpôs para as telas grandes, os resultados foram, geralmente, um tanto desinteressantes, se comparados aos estudos. Por que isso ocorre? Ouvindo vocês, uma das respostas talvez seja porque não há, de fato, uma inteligência construtiva rigorosa no pintar, em que a questão da escala decorre naturalmente do partido formal adotado. No caso do Volpi, talvez o tamanho influa mais que a escala. São raríssimos os Volpis de grandes dimensões, e há algo que se perde neles em razão dessas grandes dimensões.

PSD Isso é muito importante. A existência de um projeto não implica a necessidade de um programa. O artista construtivo, rigoroso, efetivamente ligado ao movimento concretista, signatário do manifesto, é um artista não só com projetos, mas com programa. Programado e programático. A liberdade que o Volpi alcança no trabalho em relação a essa "problemática espacial" é exatamente porque o projeto dele não precisa de programa.

AT Mas isso em todos os quadros, Sônia, ou apenas em alguns?

SS É muito frequente. Nas visitas que fiz às coleções, encontrei muitas obras das quais eu já tinha visto estudos...

AT E os estudos eram melhores?

RN Suponho que varie, e eu não diria que as obras finais são "infinitamente inferiores", mas acho muito interessante esse ponto de vista. Concordo com você que há estudos magníficos, e acho que de fato a questão do tamanho não é decisiva para o Volpi. Darei um exemplo muito claro. Na última retrospectiva que houve no Museu de Arte Moderna, curada pelo Olívio, havia um quadro enorme, de uma série pintada a óleo porque fora encomendada por uma companhia de navegação e seria levada por mar, portanto não podia ser têmpera. Não é um quadro bem sucedido. Primeiro porque é óleo, que não é a "praia" do Volpi. Segundo porque é enorme, a escala não é a dele. Assim como o quadro que está no Itamaraty, o *Dom Bosco*, também não deu certo. O Volpi é pintor de cavalete e, ao mesmo tempo, com todas essas complexidades que a gente mencionou.

PP Ele de fato não é completamente desinibido no sentido que o Lorenzo fala. Mas, como foi dito, o modernismo brasileiro é assim, a pintura brasileira também. Mas talvez essa característica tenha a sua beleza.

RN Na medida em que tivermos maior retorno de uma avaliação estrangeira sobre os nossos artistas, nossa própria compreensão pode se enriquecer. Os críticos estrangeiros, se só prestam atenção no Hélio e na Lygia, estão perdendo a oportunidade de conhecer outros trabalhos brasileiros muito significativos. Mas também é uma pena para nós. Quando Machado de Assis passou a ser lido pelos norte-americanos, nós aprendemos com eles.

AT Eu ainda acho que a grandeza do Volpi tem a ver com a medida e a não medida. É impressionante como nos seus quadros há formas que se destacam, depois parecem outras; como ele consegue fazer isso? Da mesma forma, ele é duplo, no modo com que trabalha as cores, ora contrastando-as, ora sendo tonalista. Ele junta as duas coisas também, isto é, o serialismo, que vem do concretismo paulista, que não é um serialismo minimalista, mas é um trabalhar com série, com um aspecto construtivo, que entretanto não é compositivo totalmente, não tem regras construtivas. Ele tem uma liberdade muito grande para lidar com determinadas séries, e concordo que haja nisso um aspecto vernacular. Quando você fala de uma tradição clássica, você tem medidas, você tem proporção áurea, você tem ordens. Quando se fala de uma tradição vernacular, você vê uma bela casa que tem uma porta desproporcional à fachada, mas que é bela, ou encanta. A percepção dessa desmedida, vamos dizer, em relação às medidas clássicas, grosso modo, é importante no Volpi. Ele constrói simetrias e de repente as desfaz totalmente. Então ele constrói uma série e, na variação da série, cria surpresas que você jamais esperaria.

RN Foi o que o Paulo Sérgio quis dizer quando falou de um projeto sem programa.

AT Sim, estou tentado lidar com o que o Paulo Sérgio falou, mas parece-me que o interpretei equivocadamente. Ele falou um pouco do tamanho físico do quadro. Eu tenho a sensação... Uma pintura não é um livro, mas você pode, num livro, ter uma experiência de grandeza, assim como num quadro, apesar do quadro ser pequeno.

PSD Mas não é como metáfora, é uma sensação do espaço que aumentou, é uma experiência sensível, não tem nada metafísico nessa grandeza crescente.

AT Compreendo, mas me parece que é porque as partes ganham autonomia em relação às outras, então essa perda da medida é que dá a expressão de desmedida, de grandeza, apesar de o quadro ser pequeno.

PSD Um Pancetti não me dá isso...

AT Concordo.

PSD Fica lá, contido no seu próprio limite, mas...

PP E o Milton Dacosta?

RN Sobre o Milton Dacosta, você, Alberto Tassinari, uma vez escreveu um artigo sobre a dialética do pequeno e do grande.

AT No Milton Dacosta, há uma desmedida entre o pequeno e o grande. Você se perde em pedaços do quadro. É engraçado, todos os pintores meio fundantes da modernidade brasileira, não a do movimento modernista, mas a dos anos 50 – Volpi, Milton Dacosta e Guignard –, parece que têm um pouco essa característica. Porque um pouco é a tradução, em termos visuais, dessa relação entre o pequeno e o grande, entre partes que geram certas desmedidas, ou seja, não é uma relação nem totalmente subjetiva, como no espaço tradicional, nem ainda é intersubjetiva, como no espaço da arte contemporânea, apesar de estarem fazendo arte contemporânea. Quer dizer, estarem fazendo arte numa época em que a arte contemporânea, internacionalmente, já ganhara muita força. É uma singularidade nossa talvez, e um outro modo de sermos, dado que no começo vocês estavam falando justamente na fuga da questão do nacionalismo, de temas nacionais etc. Eles fogem disso mesmo, mas parece que é por essa singularidade. É uma individuação problemática. No Brasil, tudo é complicado, mas é comum essa medida e não medida em muitos artistas. E no Milton Dacosta sem dúvida isso acontece. Às vezes, uma pequena região do quadro ganha uma desmedida, e às vezes encontramos aqueles fundos muito grandes, aquelas cidades, todas aquelas construções ou aquelas divisões que ele vai fazendo, mesmo nos mais simples, e a atenção se detém muito numa determinada parte.

SS Nós falamos várias vezes aqui do vernacular, e aproximamos, a partir da ideia do vernacular, o Guignard e o Volpi. Acho importante estabelecer também as diferenças. Ainda que relativizando a expressão, é preciso falar de algo como uma "sensibilidade construtiva" que aparece no Volpi, mas não no Guignard. Lembremos que Guignard também teve uma formação praticamente autodidata. Embora tenha feito cursos na academia durante o período em que viveu na Alemanha, viu com assiduidade o Quatrocentos, alemão e da Europa do norte, sobretudo na Pinacoteca de Munique. Trata-se, como se sabe, de uma tradição na qual impera a perspectiva óptica, não científica, não analítica. Não é, em todo caso, a perspectiva clássica dos italianos o que se entrevê nas pinturas de Guignard. Daí talvez a referência, tão presente na obra desse artista, a um mundo vasto, mas pontilhado por objetos que parecem miniaturizados, e que é tão própria da pintura do norte europeu. Já no Volpi, vê-se com maior facilidade a passagem da tradição italiana para a grande cultura pictórica francesa do século XIX e início do XX.

RN Sônia, o Guignard viu Cézanne muito antes do Volpi.

SS Sim, mas o que marcou, o que fica decantado na obra do Guignard? Algo que nos faz pensar numa resistência aos procedimentos de reexame da tradição pictórica, empreendidos por Cézanne, pela pintura francesa no século XIX. Ao contrário, Volpi assimilou centralmente essa tradição moderna – ainda que, como se disse, nunca tivesse levado a cabo integralmente os procedimentos de desconstrução dos pintores modernos.

RN Eu sei, mas você está fazendo filiações, e essas filiações não batem. O Guignard não fez cursos na Alemanha, ele estudou na academia alemã. Guignard estudou nas melhores escolas de Munique.

SS Ele estudou, mas foi passageiro, salvo engano.

RN Ele se formou em Florença, Munique e Paris.

SS Não se pode dizer que ele tenha completado um aprendizado formal, seja na Academia de Munique, seja em Florença ou Paris.

RN Como você falou, nenhum moderno completava nada. No entanto, é absolutamente diferente a formação do Volpi. O Guignard era um homem rico que viu toda a arte moderna e cresceu na Europa. Ele foi para a Europa com 11 anos e voltou com 33. Fez o olho dele na Europa. Sendo assim, explicar a diferença entre Volpi e Guignard pela diferença da perspectiva é difícil.

SS Eu acho que são outros influxos que alimentam a obra, outros interesses que alimentam a obra de Volpi, há outras misturas ali.

TERCEIRA PERGUNTA

VK Até os anos 1950, devido à sua ligação com o Grupo Santa Helena, com o Rebolo e a pintura do *Novecento* italiano, Volpi continuava pintando paisagens. A partir daí, contudo, ele gradativamente abandona esse aspecto naturalista e começa a procurar novos meios compositivos, aproximando-se da estética concretista, que o levará ao despojamento progressivo das formas, a maior geometrização e ao uso de cores mais intensas. Nesse processo, ele pintou várias telas em estilos diferentes durante um mesmo período de tempo, o que atesta a independência da sua linguagem visual. As bandeiras e as fachadas vão se tornar símbolos abstratos, geométricos, a partir dos quais ele cria módulos com geometria flexível e permutação de cor. O Albers, que teve uma influência fundamental sobre os concretistas, produziu uma série, em 1947, de 70 trabalhos chamados "Adobes ou Variantes", que são uma base axadrezada sobre a qual ele coloca quadrados e retângulos, cujas áreas de cor possuem o mesmo nível de intensidade. Eu não sei se Volpi chegou a ter conhecimento desse trabalho, que entretanto remete muito às suas fachadas e à geometria que ele procurava na época. Essa ligação entre Volpi e Albers de fato existe?

Em cima, LORENZO MAMMÌ; embaixo, a mediadora VANDA KLABIN

PP É, eu vejo. Não sei se o Volpi conhecia o Albers. Devia conhecer. Mas eles têm proximidade. Ela é maior com os *Adobes* do que com a série da homenagem ao quadrado. Existem trabalhos do Volpi que ficam muito próximos deles, inclusive na relação tonal, no uso das cores. Mas o Volpi viu muita coisa. Eu conheci o Volpi, visitei-o três vezes. Uma vez fui com algumas pessoas do grupo concretista ao seu ateliê e lembro um pouco das conversas. Lembro de ouvir que foi Volpi quem mostrou Klee para os concretos. O contrário do que se imaginaria. Quem, de certa maneira, revelou Matisse para os concretos foi o Volpi também. Nesse sentido, era um artista muito sofisticado.

PSD Qualquer um que já foi adolescente sabe o que é um concretista. O concretista é um eterno adolescente. O Albers é um adolescente...

(risos)

RN O seu depoimento, Paulo Pasta, ajuda bastante a acabar com esse Volpi bobinho, ingênuo. Imaginem a sofisticação desse homem! Quem diria que os concretos nunca tinham visto um Matisse...

SS Mas não se pode esquecer que ele continuou pintando madonas.

VK Tudo ao mesmo tempo...

SS Mesmo no período mais severo, mais austero, em meados da década de 1950...

PP O Mondrian também nunca deixou de pintar os crisântemos.

RN É mesmo?

PP Toda vida ele pintou os crisântemos...

SS Lembra o começo da obra dele? É muito simbolista.

VK Mondrian também pintava amarílis com frequência.

SS Mas com um estatuto diferente do que têm as madonas.

RN Acho isso um fato muito esclarecedor, dá inclusive uma dimensão não ortodoxa do artista, que ao mesmo tempo em que admira Klee e Matisse certas vezes afirma gostar mais do Picasso.

AT Vocês falaram que, em comparação com o Volpi, o Guignard teve uma formação mais formal, digamos assim, mais de escola. Talvez isso mostre que caminhos alternativos podem ajudar. O Volpi sempre pintou bem, desde 1920, sempre foi moderno. Mas aqueles céus do Guignard, por exemplo, apresentam uma técnica muito requintada...

SS O Guignard, nos anos 1930, estava fazendo aquele surrealismo meio literário.

AT O céu cinza das paisagens imaginárias é feito com muitas sutilezas, mas, às vezes, o Guignard parece menos moderno do que o Volpi.

PSD O Guignard me parece mais desigual que o Volpi.

AT Não estou falando tanto de qualidade como pintor, mas sim de sintonia com a modernidade. O Volpi não era primitivo. Dá para ver desde a sua primeira fase, ainda figurativa, que ele já começou como um pintor moderno. Não era figurativo-primitivo, era moderno. Ele trilhou os caminhos da modernidade, dos quais tomava conhecimento por meio de livros e viagens. Já o Guignard das paisagens imaginárias trabalhava com uma espécie de erudição da pintura. Aqueles céus são feitos de maneira muito sofisticada, aqueles cinzas. Aquilo não é só moderno, é estranho, tem algo de sublime.

PP Quando chegaram os Cézannes no Masp, dizem que o Volpi passou um mês e pouco indo todos os dias ver os quadros, a exemplo do Rothko, que, quando chegou o *Ateliê vermelho* do Matisse, no MoMA, também ficou indo lá diariamente, durante dois, três meses. O Volpi tinha essa relação com a arte moderna, ele chegou a fazer uma *Madame Cézanne*, quase copiada à da coleção do Masp.

LM Há inclusive um retrato que o Volpi fez do Bruno Giorgi em que, evidentemente, ele está tentando refazer a perspectiva do Cézanne, invertida, que parte rente à tela e vai arredondando.

Com certeza ele não a conheceu em livros, por meio de teorias. Ele a conheceu olhando, testando.

PP O Volpi conhecia tanto o Matisse que tinha preferências. O Matisse do qual ele menos gostava é o do período de Nice, porque ele usava muito o branco. Quer dizer, muito branco para fazer a passagem entre as cores. Ou seja, o melhor Matisse é aquele que não usa tanto branco, é o Matisse mais tonalista.

LM Ele gostava do Matisse inicial.

PP O Matisse era o seu pintor preferido.

AT Basta olhar para ele mesmo...

VK Ele dizia: "O Matisse é o maior de todos".

LM Mas aí voltamos à questão: o Matisse não é tonal, é?

PP Não, mas algumas pinturas do período de Nice são. Curioso isso.

LM Esse é um Matisse que não é colorista...

AT Mas vocês não acharem que o Volpi é colorista... eu não entendo... Podemos ficar infinitamente discutindo esse assunto. O próprio Matisse, às vezes, não trabalha com tantas cores, não é? Basta pensar no *Ateliê vermelho.*

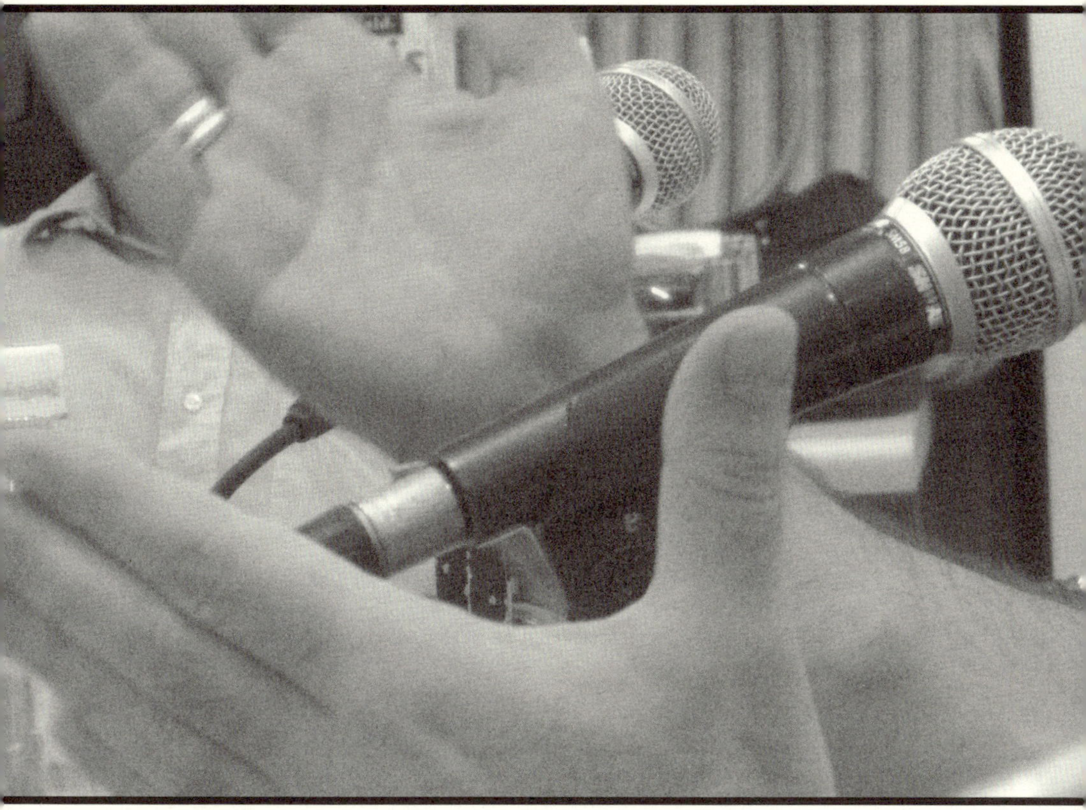

LORENZO MAMMÌ, à esquerda, e ALBERTO TASSINARI

QUARTA PERGUNTA

VK O Volpi fez muito poucos deslocamentos para longe da casa onde morava e tinha seu ateliê, no bairro do Cambuci. Fez algumas viagens a Mogi das Cruzes, Itanhaém, Bahia, Cananeia, cidades históricas mineiras e visitava frequentemente as exposições ocorridas em São Paulo. Em 1950, faz a primeira e única viagem à Europa, com 55 anos. Nessa viagem, visita a exposição de Matisse em Paris e fica muito tempo na Itália. Visita por 18 vezes a capela degli Scrovegni, em Pádua, onde estão afrescos de Giotto. O outro artista que o atraiu foi o Margaritone d'Arezzo, do final do século XIII, que também usava a tradicional técnica da têmpera a ovo. O conjunto das matrizes já citadas nas perguntas anteriores, somado a essas – Giotto, Margaritone d'Arezzo, Matisse e Albers –, foram referências teóricas para o Volpi, na instituição da cor como elemento estruturante do quadro. Será que a cor, na obra do Volpi, sofre alguma transformação após essa viagem? A palheta do Giotto influenciou a pintura dele? Vem dela essa pureza matissiana dos tons? Ou a cor no Volpi, que tem uma intensidade admirável, é inigualável? O Willys de Castro estava certo quando disse que "O Volpi só pinta Volpis"? Decio Pignatari também diz que ele possui a sensibilidade da cor; o Spanudis dizia que ele procurava a pureza matissiana dos tons. Então, sendo a cor o elemento estrutural da ordenação do espaço para ele, e seu principal veículo expressivo, e a forma um elemento subordinado que serve para repetir um outro anel de cores, eu pergunto se existe essa transformação da cor após a viagem à Europa, se essa viagem foi determinante para o trabalho dele.

RN A mudança mais radical que noto é quando ele faz a exposição junto com os concretistas. Aquela é a primeira vez que a cor aparece chapada. Antes de continuar, porém, preciso fazer um parêntese curioso. A têmpera, como se sabe, é um meio opaco, e o Volpi, incrivelmente, faz com que ela fique transparente. Ele chega a fazer velatura, como o Lorenzo falou, e nesse período, da metade da década de 1950, ela fica opaca para valer. Então, voltando a sua questão, eu diria que há mais uma coincidência de sensibilidade com a pintura do Giotto – irei me deter no Giotto – do que propriamente uma mudança. No afresco, como o pigmento é dissolvido em água, a cor tem uma intensidade menor, e portanto tem aquele aspecto um pouco lavado, inclusive na capela degli Scrovegni, que de fato parece muito com a maneira que o Volpi tinha de trabalhar a têmpera. Então existe uma consonância, porque ele já trabalhava assim. Agora, conversando com o Domingos Giobbi, uma pessoa de fato sensibilíssima, ouvi dele que, sem a menor dúvida, o ideal de cor para o Volpi era o afresco. Então suponho que o Giotto fosse um porto seguro, não só pela cor, mas também pela perspectiva ainda meio ambígua que usava, na qual o sistema perspectivo ainda não estava constituído definitivamente. Tudo isso era muito interessante para o Volpi. Porque a tensão entre profundidade ilusionística e superfície, presente no Giotto, contribuía muito para a modernidade que Volpi procurava. Quanto ao Margaritone d'Arezzo, de quem vi dois trabalhos, confesso que não consegui estabelecer uma relação muito estreita entre ele e o Volpi. O Margaritone possui um efeito decorativo muito bonito, por meio do qual ele representa uma Virgem Maria toda com flores, porém flores mais matissianas. Ele tem um decorativismo mais matissiano do que volpiano, digamos assim.

SS Mas as madonas se assemelham. Têm um olhar meio bizantino.

RN É verdade, não tinha pensado nisso, estava mais preocupado com a cor. Mas se pensarmos em termos de forma, aí de fato você tem razão. Uma das obras do Margaritone que vi era uma madona com flores, o manto era todo decorado com o que me pareceu serem flores-de-lis.

AT Eu acho que, no começo, quando o Volpi era mais figurativo, ele trabalhava mais em torno de uma única cor e seus tons. Depois, conforme os motivos vão se tornando mais geométricos, e até perdem uma referência mais clara – fala-se em bandeirinhas, mas dá para falar em triângulos, ou mesmo quadrados –, ele isola as partes e as cores. Embora haja esse aspecto tonal em cada região que isola, há quadros em que você pode ter bandeirinhas com azuis diferentes, mais lavados uns, menos lavados outros, outros ainda mais velados. Mas você tem sempre algum contraste, ainda que só de luz. Ou pode ser um contraste entre um azul e um vermelho. Ele vira um colorista fantástico quando conquista as formas geométricas simples.

PP A meu ver, a grande transformação da cor no Volpi é a mudança do óleo para têmpera.

AT Você não acha que ela está ligada aos motivos dos quadros?

PP Uma coisa vai engendrando a outra. Ele vai deixando o óleo líquido e passa da atmosfera para a cor local com a têmpera, e aí vem a cor plana, ou melhor, planificada.

LM Mas é curioso, porque...

PP Porque ela é porosa.

LM Voltando à pergunta da Vanda, se o Volpi tivesse viajado para a Europa em 1957, encaixaria direitinho com sua ligação ao concretismo. De fato, as fachadas da década de 1960 lembram muito os tons azuis do Giotto, do afresco em geral; elas têm eco ali. Como ele viajou em 1950, podemos supor que essas coisas amadureceram ao longo de anos, embora fique mais difícil estabelecer uma relação imediata entre a mudança artística e a viagem.

SS Uma relação de causa e efeito é impossível estabelecer, não dá para fazer essa relação imediata. Mesmo porque, embora ele tenha ido graças a um consórcio de amigos que pagaram a viagem, com o compromisso de que iria pintar, até onde se sabe, não pintou. Na exposição que organizamos no Instituto de Arte Contemporânea, havia uma pequena pintura de Veneza, que parece evocar um detalhe do palácio dos Doges, um tanto sombria, mas consta que foi pintada aqui no Brasil.

LM Inclusive, ele nunca pintava *in loco*, só no ateliê.

VK Ele ficou obcecado foi com o Giotto. De Veneza ele não gostava, tanto que abandonou os amigos a essa altura da viagem.

PSD A resposta para a pergunta da Vanda está na palheta de cores, e também naquilo que o Rodrigo já sublinhou: a perspectiva ainda não formada, não rígida, sem os paradigmas todos do renascimento em ação. Essa é a novidade de Giotto, além do azul fundo d'água, o famoso azul de Giotto. Mas, além disso, há também o fato de que no Giotto, pela primeira vez, a cidade aparece como tema efetivo de pintura, para trazer a vida sagrada para o cotidiano da cena urbana, e isso é uma novidade muito grande. Acho que o Volpi se identifica com isso. Mas, na palheta de cores, eu vejo pouca influência.

VK Mas os Giottos têm uma palheta rica de cor, têm o vermelho, os azuis...

RN Eu não acho que a resposta esteja na palheta, é mais na maneira como a cor é diluída, típica do afresco, e não tanto do Giotto, porque quando você vê as obras dele em madeira, muda totalmente. É outro Giotto, concordam?

AT Mas, Paulo, voltando ao que você disse instantes atrás, então a seu ver é a têmpera que traz mais cor para a pintura dele? Não é o motivo que está sendo pintado?

PP Acho que são os dois juntos.

VK Eu acho que ele tira proveito da opacidade da têmpera.

PP O que veio antes, a gente não sabe, mas a mudança para a têmpera e sua opacidade provocou a mudança nas cores.

AT Sim, mas ele pinta, por exemplo, meio baseado no Cézanne, *Os jogadores de cartas*, e não é tão colorido assim...

PP Para mim, o que tem do Cézanne ali é o motivo, a construção, mais do que a pincelada.

AT Pode ser, mas o contraste entre as cores é o que dá a cor moderna.

VK Mas ele lança mão de uma técnica tradicional numa postura muito moderna. A têmpera é uma técnica tradicional de pintura, e com ela o Volpi obtém uma intensidade colorística incrível.

AT Mas não traz cor necessariamente. O que traz cor no Volpi é o fato de os elementos ficarem destacáveis.

PP Mas para fazer isso ele precisou de outra técnica; para ter esse tipo de permuta entre as cores, para fazer esse caminho para o construtivo, essa cor meio porosa e especial, penso que só a têmpera lhe poderia servir. Não o vejo fazendo isso com o óleo.

AT Não, talvez não desse, mas o De Fiori tem essa coisa aguada, nos desenhos. E o Volpi disse que gostava do De Fiori.

RN Mas no caso do De Fiori é velatura mesmo.

PP É velatura e é atmosférico. Toda pintura dele é uma soma. Na fatura, as pinceladas ficam aparentes e o ajudam a fazer o sentido do trabalho. O Volpi não é assim. A pintura, para o Volpi, é reduzir, simplificar, inclusive no que diz respeito à cor.

AT Nós falamos há pouco do Albers. Na sua obra, vemos o branco também e ele não usa têmpera, usa?

RN Não, é óleo...

AT Não sei se, para ter esse efeito "lavado", é preciso necessariamente da têmpera.

VK É o pigmento puro, exceto o rosa e o roxo, que eram as únicas cores que exigiam misturas.

RN Isso não é uma regra, porque a cor do Dufy é óleo e vem bem lavada; mesmo o Guignard, se você quiser...

PP É lavado...

RN Mas é diferente...

AT O Volpi é quase codificado. Sua pincelada não é uma pincelada desenvolta, pelo contrário.

RN Mas também não é esquemática...

AT Concordo.

RN Tanto que, quando seus quadros eram falsificados, era possível perceber.

AT Certos quadros, quanto mais figurativos eles são, menos cor, menos colorista o Volpi é.

PP À vontade de simplificar a forma correspondeu uma vontade de simplificar a técnica. A têmpera é uma simplificação da tinta. Eu acho que é o mesmo movimento.

RN O que você entende por "simplificação da tinta"?

PP Em parte, refiro-me à rapidez; a têmpera seca rápido, seca na hora e a luz vem. O óleo é uma tinta cheia de tempos diferentes, de tonalidades, de infinitos meandros. A têmpera, nesse sentido, é mais franca.

RN Ah, entendi. Ela seca na hora, você sabe que para fazer claro e escuro com a têmpera você tem que fazer com hachura, porque não dá tempo de puxar a luz. Passou, secou; e não dá velatura, porque ela é opaca. Por isso o óleo acaba sendo a preferência da maioria.

VK O Volpi fazia testes de resistência da têmpera à luz e ao sol.

PP Como já falamos, a base dele...

VK É artesanal...

PP Mais especificamente falando, a base dele era bicarbonato de cálcio com gelatina.

RN Agora, vamos voltar um pouco à questão que o Alberto sugeriu. Enquanto os motivos não se simplificaram, por exemplo na fase das paisagens de Mogi das Cruzes, ou de Itanhaém, a questão da cor fica em segundo plano?

AT Acho que nos quadros de Itanhaém você já encontra o início da geometrização. Às vezes o telhado não tem a forma de um telhado, indo juntar mais adiante com outra casa. Ora, isso não existe, só existe no plano da pintura. Então, é quando o Volpi começa a geometrizar que a cor ganha importância, as relações entre as cores ganham diferenças, ficam muito mais ricas. Aqueles primeiros quadros, como o da irmã costurando, embora sejam quadros de qualidade, são todos mais naturalistas.

RN Se ele quisesse ser naturalista, ele seria...

VK Com a mão nas costas.

PP O mais talentoso de todos.

AT Ele tem um talento, e muito grande, é óbvio, mas o quadro que fez da irmã, todo em tons de marrom, eu acho que se diferencia da produção posterior não apenas pelo tema, mas inclusive no tratamento das cores.

SS Mas nos anos 1930 ele era já um colorista.

AT Já ouvi dizerem do Cézanne que ele pode ter errado no começo, mas na cor, nunca errou. E agora você está falando a mesma coisa do Volpi. Mas a fase em que o colorista realmente se firma é a da década de 1960, ou final de 1950.

PP Ele mesmo dizia isso. E, numa entrevista, disse mais. Disse que separava o trabalho dele da seguinte forma: primeiro, havia sido um pintor da natureza, e, como para todo pintor da natureza, a sua grande preocupação era luz. Enquanto era esse pintor, usava a tinta óleo. "Depois eu mudei, eu me transformei", ele dizia, e talvez essa seja sua grande transformação: "Eu não sou mais um pintor da natureza, eu trabalho com linha, forma e cor". E a sua preocupação passou a ser a cor, que ele distinguia da preocupação da luz. Ele repetia isso à exaustão. Então ele muda para a têmpera.

RN A diferenciação que você faz é entre o óleo e a luz, de um lado...

PP O óleo pintava a natureza e fazia a luz. A têmpera fazia linha, forma e cor, e a preocupação era a cor.

AT A têmpera faz com que ele continue tonalista. Porque a têmpera é irregular.

VK Ela dá a textura como elemento plástico.

AT É, mas essa textura é luminosa, a cor do Volpi sempre tem luz, não é chapada. Se ele trabalha com a têmpera numa determinada área de cor, essa área é irregular. Entremeada ao mais claro e ao mais escuro, ali pulsa uma luz.

RN Você está falando no sentido físico, o Paulo está falando no sentido artístico, quer dizer, quando ele pintava natureza ele estava preocupado com a luz na natureza.

AT Ele sempre esteve preocupado com a luz, é isso que estou dizendo. Ele muda para a têmpera, talvez, justamente pra continuar a poder trabalhar com formas mais simples, com métodos mais simples e mais rápidos, e continuar prestando atenção à luminosidade.

PP Mas o próprio Volpi fazia a distinção: "Aí não era mais a luz minha preocupação, era a cor". Ele faz essa distinção.

AT Mas o que a cor tem a ver com a têmpera?

PP No modelo matissiano, a luz vem de dentro do quadro, das relações coloristas, não é mais um efeito de luz a representação do efeito luminoso.

AT Mas para isso não precisa da têmpera. O Matisse trabalha com uma palheta lavada de óleo e dá na mesma. Você não precisa da têmpera para fazer cor.

PP Mas o Volpi precisou passar por essa mudança. E isso me faz pensar em outra questão, que está ligada ao fato de ele ter sido pintor de parede. A grande admiração do Volpi, o máximo da cor para ele, era o afresco. O afresco é pintura sobre parede. Ele era um pintor de parede. Ou seja, a têmpera era um jeito dele voltar a isso, de reencontrar essa experiência.

AT Eu acho a têmpera importante porque, de outro modo, a cor dele ficaria homogênea. Ele seria um pintor óptico em alguns quadros, um serialista chato que nem outros, e suas cores não teriam pulsação. A cor do Volpi não é uma cor, é uma cor que gira em torno de uma cor. O branco está presente sempre, tornando-a mais clara ou mais escura.

SS Paulo, você não acha que é uma visão um tanto intelectualista sobre o Volpi, acreditar que ele realmente pinte apenas "linhas, formas e cores"? Você não acha que na obra dele se mantém uma dimensão naturalista, ainda que como uma despedida? Nisso residiria o encanto mesmo do Volpi, talvez. Ele nunca se desfaz de algo perceptivo, de algo fenomenológico...

PP Concordo. Ele abandona o realismo, mas não abandona o real, nunca. Ele parte de uma simplificação, passando a pintar esquemas do real, mas era sempre o real. E também acho que a beleza está nisso. A forma sempre carrega um recado do real. Acho que é isso que encanta e, por outro lado, faz com que ele não seja completamente desinibido no ato de pintar.

SS Há uma dimensão afetiva, não se pode reduzir a linhas, formas e cor...

PP Foi numa entrevista para um programa da TV Cultura, acho que em 1975, que ele fez essa formulação. Mas há uma outra palavra que ele usa muito, e que eu associo muito à pintura dele: "lentamente". Tudo para ele é "lentamente". Talvez essa palavra sirva para demonstrar que o seu tempo era o da experiência, das transformações lentas, filtradas pelo fazer diário.

SS A importância da têmpera, da técnica escolhida, é evidente.

PP Ela dá ao Volpi a possibilidade de voltar a uma certa dimensão artesanal. Ele fazia tudo com as mãos, até o cigarro que fumava.

SS Voltando ao início de nossa conversa, o Rodrigo mencionou uma certa falta de reflexividade na forma como o Volpi se colocava e se expressava em relação à sua arte. Mas será que não superdimensionamos essa reivindicação e, com isso, acabamos por desistir de reconhecer uma ambiguidade constitutiva na relação que a pintura de Volpi mantém com a tradição? Não seria o caso de reconhecer que essa relação foi a um só tempo de enleio e despedida? Que Volpi se comprazia na lida com uma tradição que os novos tempos tendiam a destituir? Quer dizer, na verdade, se repensarmos o Renoir, ou os impressionistas, admitamos que não há, na maioria deles, a espécie de atitude metacrítica que animou a pintura de Cézanne. A pintura do Renoir é de uma sensibilidade profundamente intuitiva, é sensorial. O pintor que, na época, tem postura teórica é o Cézanne...

RN Eu acho o Monet extremamente reflexivo. Se você comparar com Volpi... Se você analisar a trajetória do Monet, talvez ele seja muito mais reflexivo do que o Cézanne. Cézanne tem uma espécie de evidência dos problemas da construção, é um homem do finalzinho do século. Mas considere a trajetória do Monet... O que estou querendo dizer com o termo "reflexivo" não diz respeito à produção de uma teoria pelo artista, e sim a um movimento da obra que torna clara a reflexão em torno dos problemas pictóricos que o mobilizam. O que me incomoda é a construção, por parte do próprio Volpi, do mito de um homem simples, uma combinação de Giotto com são Francisco de Assis.

SS Era uma meia-verdade, digamos, da qual ele se beneficiou...

RN De alguma maneira ele jogou a favor dessa história, como vários outros de quem nós acabamos de falar aqui, por exemplo o Morandi. Mas a questão central dos impressionistas, que é a luz e a relação da luz com a cor, no Monet se torna pura reflexão. Essa dimensão, no Volpi, se complica.

AT Nesse sentido, o que eu pergunto é o seguinte: quem foi reflexivo no Brasil?

LM Eu acho que era esse o ponto...

AT Porque o Guignard não foi, nem o Goeldi. O Milton Dacosta é mais que o Volpi, talvez.

RN Como o Lorenzo disse, essa "deficiência" era comum ao Dorival Caymmi, por exemplo, e depois eu acrescentei o Gilberto Freyre, o Manuel Bandeira. Portanto, ninguém está achando que houve outro que foi, entendeu? Pelo contrário, tínhamos chegado à conclusão de que isso é uma questão forte no país, e que pode ser encontrada também na nossa sociabilidade.

AT Eu estava só pensando se poderia ser de outro modo... O que vocês estão dizendo é que a tradição pictórica no Brasil não tinha densidade suficiente para produzir essa reflexividade. Surgiram aqui obras muito singulares, trajetórias tão significativas que, como vimos, um olhar estrangeiro nem entende. Mas que é uma coisa desviante da história cosmopolita da arte, e que é uma riqueza por um lado e, por outro, uma fraqueza. É isso, não é?

PSD Sim, até o concretismo. Até essa parte, que o Ronaldo Brito passou a chamar de construtivismo, porque nesse momento não há uma mudança de atitude

LM É verdade.

PSD A Aracy diz, em 1977, "nunca tinha lido nenhuma referência ao concretismo como construtivismo", e só a partir daí ela passou a se referir aos concretos como construtivistas. Antes falava em "coisa", em construções, em abstracionismo geométrico. Mas foi com o construtivismo que a arte brasileira começou a deixar de ser a busca do singular, a procura de singularidades, e passou a estar em sintonia com o resto do mundo.

AT Mas, por exemplo, o Amílcar é genial, embora o olhar de fora também não veja isso, como acontece com o Volpi. Mas essa "limitação" ainda está presente no pensamento e na arte brasileiros.

LM Aqui tivemos um primeiro modernismo que foi até teórico demais, proporcionalmente, em relação às obras realizadas; tivemos um concretismo também extremamente teórico; e tivemos, na década de 1940, de fato, uma arte moderna brasileira relevante, que também dialoga com uma questão regional, que são os nomes já mencionados, mas que não chega a se definir teoricamente. Foi uma produção talvez até qualitativamente superior, contudo. Tanto em relação aos primeiros modernistas como aos primeiros concretistas, mas que se apresenta como ingenuidade, à exceção do Lúcio Costa. No Guignard, no Volpi, se apresenta como não reflexividade. Como pintura instintiva, imediata. É uma particularidade da arte brasileira.

AT Até o Mário de Andrade dizia que mais burro que pintor, só músico. No Brasil existe esse preconceito contra artista. Mas depois da década de 1940, e a partir do concretismo, o próprio Volpi não ganha um pouco mais disso que estamos chamando de "reflexividade"?

PSD O preconceito ao qual vocês se referem veio da França.

AT Pode ter vindo até da França, o fato é que o Dewey, que era norte-americano, dizia algo como: "Mais inteligente que um artista não tem ninguém, porque, além de fazer, mostra como fez". Aqui é o contrário, e isso é uma longa tradição. O Aleijadinho, por exemplo, nunca foi discutido pelos poetas da Inconfidência, seus contemporâneos.

PP Ele era escravo...

PSD Os ofícios manuais, no regime escravagista, eram subalternos. O estatuto do artista plástico até hoje não é grande coisa, basta ver onde está o Museu de Arte de Brasília.

AT O estatuto da arte, no livro do Alberti, e no terceiro livro da pintura de 1400 e pouco, já é o de arte liberal. No Brasil, no século XVIII, ainda é uma arte manual. O nosso atraso é evidente.

PSD Num regime escravocrata, o cara só trabalhava dentro de uma ordem religiosa. Não existia circulação civil da obra de arte.

AT Os árcades, mesmo sendo poetas, nunca olharam para as igrejas que frequentavam na vida, nunca fizeram poemas sobre elas. Não conheço uma só referência.

RN O preconceito contra as artes visuais, pela proximidade com o trabalho manual, é algo que vai longe, dependendo do país.

O Velázquez, um pintor do século XVII, ainda por cima pintor régio, também sofreu discriminações ligadas a esse preconceito. No Brasil, com a escravidão, essa discriminação é levada às últimas consequências. Não é à toa que, até a formação da Academia Imperial de Belas Artes, em 1826, a maior parte de nossos artistas é negra ou mulata. Agora eu pergunto se aqueles homens bem postos da nossa Arcádia iam olhar com admiração para um preto? Não é para a arte, é para um preto.

SS Mesmo as gerações que os sucederam não atentaram para o talento do Aleijadinho.

RN Só os modernos.

PSD O estatuto das artes plásticas, no Brasil, é diferente do estatuto da música e da literatura. Passaram 50 anos da fundação da capital, 13 presidentes, entre ditadores e democratas, e o Museu de Arte de Brasília é o antigo Clube das Forças Armadas, que depois virou o Casarão do Samba. Um lugar ermo, hoje circundado por um conjunto hoteleiro de arquitetura pífia, e nunca nenhum presidente da República deve ter posto os pés lá dentro. E é a capital do país! Porque é esse o estatuto da arte no sistema de poder brasileiro. Não dá para comparar com o da música, da literatura. Só agora está melhorando...

LM Voltando ao Volpi, acho que o estatuto do Volpi se estabelece na década de 1950. Já numa fase bastante madura de sua obra. Quer dizer, quem faz a figura do Volpi, talvez para ele mesmo, são de fato os concretistas. Porque antes você encontrava, por exemplo, um artigo do Mário de Andrade, muito bom por sinal, sobre a exposição de 1944. Mas é evidente que ele está um pouquinho assustado, porque o Volpi é a carta fora do baralho, não encaixa no modelo da pintura operária. O Mário diz até que o Volpi é meio provocador, porque deixa as coisas inacabadas. E acaba escrevendo uma monografia sobre Clóvis Graciano. Intui que o Volpi é a maior personalidade, mas então recua.

VK No entanto, ele adquire um Volpi.

LM Adquire um Volpi, sim, nessa exposição, mas não tem coragem de afirmar a grandeza da obra, e o Volpi fica uma personagem meia estranha, aquele que todo mundo diz que é o que tem mais talento, mas que não encaixa na corrente hegemônica da época.

PP O Mário Pedrosa é o primeiro a dizer com todas as letras que o Volpi é genial.

SS É, em 1957, com a exposição concretista.

RN De fato é o Mário Pedrosa que o consagra, mas o Waldemar Cordeiro tem textos sobre ele muito anteriores e que já o põem no panteão. Inclusive com observações muito perspicazes. Essa ideia de que ele pintava com saibro, como as casas populares eram pintadas antigamente, é do Waldemar Cordeiro, e isso foi escrito na *Folha da Manhã* em 1952.

LM Há um texto do Spanudis...

SS O Spanudis é o primeiro que presta atenção nele e que dá um estatuto público a sua arte.

PSD Então, mais um mérito para o concretismo.

RN É muito interessante isso, e é curioso porque a ascendência do Volpi é quase imemorial, porque ele vai se filiar a Margaritone d'Arezzo.

LM Mas, curiosamente, o Volpi passa de ser o membro mais provocador do grupo, o mais sofisticado, embora o mais ingênuo e pacífico; porque, comparado aos concretos, ele é a boa alma.

PSD Mas isso também é uma certa estratégia teatral dele, ou não?

LM Fazia isso instintivamente.

PSD É uma persona...

LM Se na década de 1940 parecia que ele experimentava demais, na década seguinte parece que ele faz isso instintivamente. A partir da década de 1950, muda a sua imagem e ele assume imediatamente a imagem que lhe atribuem.

SS Na verdade, ele era muito metódico, se analisarmos as pinturas de 1947, de Itanhaém, aqueles casarios já apontam essa disciplina.

LM Mas nessa época, naquela turma paulista, ele era o estranho.

AT Mas se, de rebelde, ele passa a estranho, depois de ser ingênuo, é um caminho sem nexo. Se de rebelde ele passa a ingênuo, ou alguma coisa desse tipo, é uma camuflagem evidente.

LM Todas essas autoimagens são.

AT A inteligência que está nos seus quadros continua bastante rebelde, então...

AT O Cézanne, cujo lado teórico é tão ressaltado, era no entanto um homem rude, que gostava de ser meio camponês. Foi o Émille Bernard, ou o Maurice Denis, não sei, mas são muitos que vão visitá-lo e que, no fim, na última década do século XIX, transformam a imagem do Cézanne. O Pollock, por sua vez, fazia o estilo selvagem. Mas ele sabia muito bem o que estava fazendo, embora fizesse o papel do vilão que, nas festas, faz xixi na lareira, essas coisas.

RN O que estou querendo dizer é o seguinte: a aparência dos trabalhos do Volpi, a técnica do Volpi e a fatura do Volpi são uma noção de continuidade, não uma noção de ruptura, que é o contrário da aparência, da técnica e do modo de se relacionar dos trabalhos modernos.

AT Continuidade?

RN O tempo de surgimento da cor é lento, os trabalhos se mostram lentamente. Como você falou antes, cada região de cor é tonal, fica se configurando na sua frente. Isso é continuidade. Não é uma cor que irrompe diante de nossos olhos, como a cor do Matisse. E esse amor pelo afresco faz todo sentido, porque a noção de tempo, para o Volpi, não é a noção da ruptura, é a da tradição. No sentido mais grandioso possível. E é a tradição que nos é possível, que não é uma tradição que afirma aquilo que se aproxima de nós, algo histórico, e sim que acentua o que se afasta de nós, que é essa cor que vai se desfazendo. A relação de unidade, que existe entre as partes, também é uma relação doce. Vamos dizer, há um viés tonalista em toda a grande pintura brasileira. Rebolo, boa parte dos pintores do Grupo Santa Helena, o Volpi, muitos momentos da obra do Iberê, do Milton Dacosta, todos têm uma maneira doce e serena de unificar as coisas, de usar passagens delicadas, não é? Isso também é da ordem da continuidade, não da ruptura. O modo de aparecimento, a maneira de unificar o trabalho e, em última análise, também a noção de cor – todos esses elementos são consonantes com uma personalidade que parece remeter à figura do sábio. O que é o sábio? É um homem no qual, de alguma maneira, se decantou toda a experiência do mundo. Isso faz sentido no Volpi, não é um acaso.

AT Eu estou dizendo é que esse conjunto de singularidades que é a arte brasileira, nos seus grandes momentos, e que vocês estão unificando com essas noções de continuidade matizadas, não precisa das figuras que os pintores emblematizariam. A gente tem tanto cuidado em separar a personalidade do artista e a obra, e só às vezes elas coincidem.

RN Mas todo mundo está dizendo que é complicado.

AT Da maneira que estamos falando, estamos abordando ingenuamente essa questão da ingenuidade.

RN Eu não concordo. Só estou querendo dizer o seguinte: o Mário Pedrosa, que de ingênuo não tinha nada, no catálogo em que fala que o Volpi é o grande mestre brasileiro, diz também que ele é o insular do Cambuci. Ele fala que o Volpi aprendeu muito mais com as crianças do que com catálogos, isso está escrito com todas as letras. Esse mito foi construído, e eu acho que isso barrou a compreensão do Volpi por muito tempo.

AT Ah, bom, se você acha que barrou, então estou de acordo.

LM Eu também acho que barrou sim, mas o interessante é entender por que justamente na década de 1950 surgiu essa imagem do

Volpi ingênuo. Faz sentido ter acontecido nessa época, se pensarmos no modo como o projeto construtivo nasceu aqui. Mário Pedrosa se interessava pela psicologia da arte, pela arte dos loucos, pela arte popular e pelo concretismo. Ele acreditava numa espécie de racionalidade íntima no fazer humano, que se manifesta mais claramente nesses tipos de arte que na academia, ou em modernos como Portinari. Essa racionalidade aparece quando há certa ingenuidade presente, porque aí a *gestalt* se delineia. Nesse sentido, funcionaria a ideia do Volpi ingênuo, embora ele até então não fosse visto dessa forma. E, para reforçar essa valorização do artista não intelectualizado, existe uma constelação que se forma em volta da teoria do concretismo, que busca uma tradição artesanal que não é oficializada na arte brasileira.

PSD O que já é construtivo, no entanto.

LM Construtivo nos fundamentos. E aí o Volpi entra nessa, mas até lá ele sempre tinha sido considerado um pintor inquieto. O problema com o Mário de Andrade é que o Volpi era inquieto demais para ser da família paulista. Um cara que sofrera influências, um cara que conhecia De Fiori, ele não se adaptava a essa tradição anônima que o Mário de Andrade prezava, e aí de repente ele vira a própria tradição, vira o portador dessa tradição popular. Isso é interessante, culturalmente, e não creio que seja verdadeiro nem falso, porque tinha uma verdadeira personalidade do pintor atrás das máscaras, acho que não é essa a questão, mas sim entender porque ele se encaixa justamente nessa função em determinado momento.

RN Isso é importante. Por que não foi, por exemplo, o Iberê? Ou mesmo o Guignard?

LM O Guignard é de difícil adequação ao gosto popular, porque ele era um aristocrata, até no nome francês.

AT No Manuel Bandeira, essa imagem desmistificadora, e ao mesmo tempo construída, faz todo sentido, porque os poemas mais simples, talvez os mais belos do Bandeira, e os mais tardios, têm um quê de simplicidade, mas nenhuma ingenuidade. E há uma diferença entre as duas coisas.

RN Eu estou totalmente de acordo...

AT Se um artista estrangeiro não consegue ver o Volpi, também não vai conseguir ler o Bandeira. Se conseguir, será por ecoar algum verso "simples" da Emily Dickinson, por exemplo, que não tem nada de simples, claro. Mas o Volpi e o Bandeira não são casos idênticos, porque se o Volpi poderia passar por ingênuo, ou primitivo, simples morador do Cambuci, o Manuel Bandeira, em contrapartida, tem claramente uma formação...

RN Era um grande tradutor, por exemplo.

AT De tudo. E ele é totalmente pensado, apesar de não aparecer de maneira explícita.

RN Mas ninguém falaria do Manuel Bandeira o que se falava do Volpi. Jamais o Mário Pedrosa o chamaria de insular do Cambuci. Todo mundo o tinha como poeta erudito.

PP Mas eles têm em comum, desde o começo, a vontade de evasão para o cotidiano.

LM Exatamente

AT É, mas se um dia a nossa história da arte se concatenar à história da arte em geral, talvez como a história do mundo vai virar chinesa um dia, vão dizer que o Volpi é um pré-minimalista, porque ele trabalhou nessa linha. Ou seja, você faz as leituras que quiser. O que me preocupa é o seguinte: isso está na obra ou não?

RN Agora, só para relativizar essa dificuldade do olhar estrangeiro em admirar o Volpi, a Sônia mencionou anteriormente, com muita propriedade, que um dos primeiros grandes críticos que viram o Volpi foi um grego, criado na Turquia, que se forma em psicanálise, em Viena, nada mais nada menos, e que ainda era homossexual, o que o desloca mais ainda. Spanudis veio para cá e foi um dos que deram independência econômica ao Volpi, comprando seus quadros.

VK Ele formou colecionadores do Volpi.

RN Agora, era europeu, como você mesma estava dizendo, não era um norte-americano.

AT Talvez o Volpi fosse outro deslocado que fez dele...

RN Um "locado".

(risos)

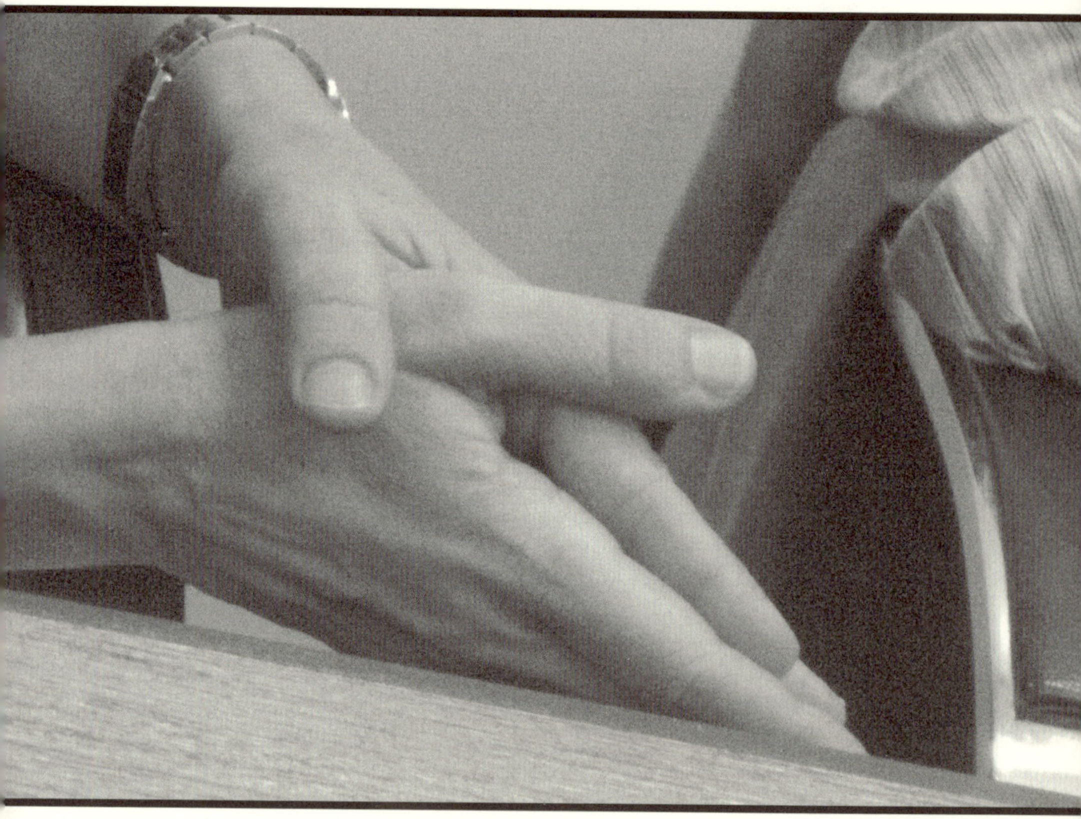

QUINTA PERGUNTA

VK No período em que esteve ligado ao concretismo, aparecem as primeiras composições assimétricas do Volpi. Nelas, ele constrói a assimetria por meio do deslocamento da cor simétrica de uma forma geométrica para outra, e também por meio do uso do expediente dos mastros listrados, como Paolo Uccello usa também, para criar esse ritmo e essa dinâmica. Eu queria que vocês conversassem a respeito dessa relação assimetria/simetria na obra do Volpi. Por que esse deslocamento de triângulos e de outras formas geométricas e essa permutação de cores conferem uma dinâmica muito própria ao trabalho dele?

LM Na década de 1950, há esses trabalhos geométricos, que obedecem o padrão concretista, mas não cobrem inteiramente o quadro. Às vezes há uma faixa em baixo, às vezes um "L". É algo deslocado, uma coisa estranhíssima, porque de fato há uma composição construtiva, mas como se estivesse dentro de um outro espaço que não é construtivo, como se a figura fosse colocada no quadro mas não coincidisse com o quadro. Sobra tela branca de algum lado, fazendo um tipo de assimetria muito curiosa, muito peculiar ao Volpi. Eu acho que tem a ver com o fato de ele estar e não estar inserido no concretismo, pois vê o concretismo, e as figuras concretas, mais como outros objetos a pintar do que como relações com o formato, como os concretos faziam. Depois, a partir da década de 1970, ele começa a ficar um pouco mais esquemático, e sua pintura perde força. Mas é curioso como um Volpi que, hoje, pertence ao acervo do MAM, e é um dos primeiros da série com os mastros, tem uma construção *all over*, que ocupa toda a superfície da tela. Porque aí, de fato, começa a se perder essa duplicação do espaço por meio do padrão geométrico. É quando ele passa a usar os elementos que são rítmicos – os mastros, as bandeirinhas ou os cachos de uvas por exemplo. São espécies de escansões rítmicas, que fazem esse processo começar a ficar meio mecânico, apenas mudando de cor. Curioso, porque é justamente o que Albers faz, mas no caso de Volpi vira uma espécie de jogo, quer dizer, faz sempre o mesmo desenho mudando as cores, e aos poucos o resultado termina sempre igual. As ogivas do Volpi têm um pouco esse problema. Ao final, ele não consegue pôr em cheque o desenho. Dizem que ele se divertia pedindo: "diga uma cor", e ele botava... "Me diga outra... aí não vai dar". Então ele fazia a média para conseguir resolver o problema e o processo vira quase uma demonstração da sua habilidade de chegar no equilíbrio tonal, mas é sempre o mesmo equilíbrio. E aí a pintura dele começa a ficar menos interessante, mais mecânica, embora de vez em quando apareça um quadro no qual ainda se vê a potência do artista.

SS Sobre esse apreço pela assimetria, eu diria que Volpi parece mais inclinado aos mistérios do espírito gótico do que à ordem clássica, para usar os termos com que o século XIX europeu – um John Ruskin, por exemplo – opunha a "organicidade" do espírito medieval ao "intelectualismo" do espírito clássico. A assimetria se explicaria por esse apreço pelo movimento e pela fluidez.

PP Mais do que simetria e assimetria, o que me chama a atenção no Volpi é essa reversibilidade espacial o tempo inteiro. Cheio e vazio, positivo e negativo, que é algo que também está no Morandi.

PSD É isso que eu acho importante: a noção de ritmo. A dinâmica é rítmica. O Volpi poderia ter uma dinâmica não rítmica. Nesse sentido, ele não é romântico. Tem uma questão rítmica muito forte, e isso é mais esclarecedor do que a questão da assimetria, que, claro, é pertinente. A analogia com a música é inevitável, porque a obra de Volpi é uma partitura de marcações rítmicas, com as variações possíveis. Isso cria uma relação que é um pouco diferente da questão da simetria, porque a simetria tem a referência clássica, inevitavelmente. Se a gente deslocar para a questão rítmica, vai ajudar a compreensão da serialidade da obra, dos resultados possíveis a partir de ritmos e não somente de jogos de permutação.

SS Por mais que as "figuras do vocabulário" possam aproximá-lo dos concretos, na segunda metade dos anos 1950, ele sempre manteve essa diferença fundamental, que é o ritmo, a assimetria, a fluidez.

PSD A assimetria vai se dando numa variação rítmica constante.

PP O Morandi assimila o cubismo desse jeito: o que está na frente está atrás, há o vazio e o cheio. Acho que o Volpi também tem algo dessa reversibilidade, que é um jeito de assimilar essa relação, esse espaço criado pelo cubismo.

AT Ele joga muito, mas para essa ambiguidade talvez a influência do neoconcretismo tenha sido importante. O Mário Pedrosa levantou essa questão antes.

SS O Volpi frequentou a casa do Décio Vieira, no Rio, porém mais tarde, em meados dos anos 1960.

LM Agora, uma relação que seria interessante aprofundar, inclusive porque é estreita e contínua, é com o Willys de Castro. Primeiro, pela questão da cor, na qual eles dialogavam, mas também justamente por essa questão do objeto que está no espaço e não está.

PSD O Willys é uma rota interessante para entender os dois; eles eram muito próximos...

RN Vou lembrar um caso só para vocês terem uma ideia de como os dois foram próximos até o final da vida. Eu, em 1983, fazia o *Folhetim*, e concebi um número em que os artistas discutiriam o espaço do jornal. O título do número do *Folhetim* seria "O espaço do jornal", ou algo assim, e era uma discussão da superfície do jornal pelos artistas. Nós éramos próximos do Willys e do Barsotti, e nossos editores, para nos deixarem executar o projeto, exigiram que convidássemos algum artista mais conhecido, além do José Resende, da Iole de Freitas, do Waltércio Caldas, do Tunga, do Cildo Meirelles, do Carlos Vergara e do Wesley Duke Lee, todos na época bem menos conhecidos do que são hoje. Os "figurões" escolhidos foram o Volpi e o Willys, que também foi a pessoa destacada para arrumar um trabalho do Volpi. Então o Willys foi até o Volpi e conseguiu, na última hora, uma colaboração incrível. Ele arrancou do Volpi a autorização para usarmos um desenho em que o plano, a todo momento, oscilava entre profundidade e superfície, um desenho que o Volpi usaria em um quadro. O Volpi fazia o desenho da tela a lápis e, coisa que raras vezes eu vi, ele deixou o Willys fotografar só o lápis, a tela crua, e nós publicamos. Como vocês veem, o trânsito entre eles era total. Isso foi em 1983; o Volpi tinha, portanto, 88 anos.

LM Essas fotos estão lá no Instituto de Arte Contemporânea.

RN Exatamente; são as fotos que publicamos no jornal. Tem outra história: o Willys e o Barsotti tinham uma coleção maravilhosa de telas do Volpi em casa. Eles tinham de fato uma relação muito próxima, que vinha dos anos 1950.

AT O Willys trabalha muito com isso que o Paulo Pasta vê no Volpi: o fundo, a figura, o mudar, o vazio, o cheio. E o Willys trabalha o tempo todo com uma percepção do movimento, ele se desloca sem parar. E com o tempo isso vai pulsando, se tornando mais forte no Volpi, no melhor Volpi – pelo menos o que eu considero o melhor, que é o dos anos 1960.

LM No fundo, o que mencionamos há pouco, esse espaço que não chega a se tornar espaço público, mas também não é espaço ilusionista, se racionaliza até o grau mais alto do refinamento nos *Objetos ativos* do Willys, que não estão no espaço comum, mas também não estão mais na parede.

RN A questão é essa. Você não sabe o que é dentro, o que é fora, o que é superfície, o que é plano. Quer dizer, é de fato como se o Willys pusesse com toda clareza qual é a questão e ainda apontasse até onde dá para chegar.

LM Aí é o limite máximo...

RN Porque ao mesmo tempo aquilo é superfície e é tridimensionalidade. Afinal a série se chama *Objetos ativos*.

PP Só que não tem cor. Quer dizer, não tem aquela riqueza colorida.

RN Ah, não tem. Não é têmpera. Mas a gente chegou a algo importante. Ao mesmo tempo, o processo é traumático. O Willys, basicamente, fez três exposições na vida. Ele faz os *Objetos ativos*, depois os *Pluriobjetos* e tem uma última exposição, na galeria da Raquel Arnaud, que reunia outros objetos. Depois dos *Objetos ativos*, ele abandona a pintura, é importante deixar isso claro. Quer dizer, se o raciocínio do Lorenzo estiver certo, de fato é o limite máximo, pois depois daquilo ele passa para a escultura. E eu confesso para vocês que acho os *Objetos ativos* muito mais problemáticos, no sentido de serem mais complexos e potentes, porque os *Pluriobjetos* são mais construtivos do que ele era, e sua obra se torna mais legível, tem uma ambiguidade menos radical.

PSD É; inclusive as peças de madeira são malevichianas, evidentemente...

RN Falamos dessa espécie de indefinição do espaço, dentro e fora, chegamos a essa questão de que vários artistas brasileiros ficam entre o espaço subjetivista da ilusão e o espaço público. O Willys põe isso com todas as letras diante da gente e estanca. É como se, depois daquilo, não houvesse como ir além. E ele era um dos homens mais inteligentes, cultos e eruditos deste país. Mas vamos voltar ao Volpi. Ele nunca fez nada de escultura.

AT E o desenho dele é um esqueminha. Nisso ele é muito diferente do Morandi, um artista que tem muita consonância do meio em que está trabalhando. Na pintura do Morandi, a pincelada faz os objetos, dá a cara dos objetos. O desenho é só uma linha interrompida. Na gravura é a hachura, nas aquarelas é a aguada, é impressionante. O Volpi não é assim...

LM Se bem que, de Volpi, há alguns quadros a lápis que evidentemente são quadros. É só lápis no branco das telas. Lindos. De fato, é também um conceito de limite, a demonstrar que ele não tinha nada de pintor ingênuo. Mostra o limite da pintura de cor.

RN Também é curiosa essa possibilidade, essa tentativa que o Willys personifica tão bem, de fazer com que a arte dialogue com a indústria, com a tecelagem, com a produção gráfica, bem típico da Bauhaus, dos concretos. O Pennacchi – sobre quem o Volpi sempre dizia: "quem pinta bandeiras é o Pennacchi" – fazia propaganda, cerâmica *art nouveau*... E, pensando nessas proximidades, curiosamente, o Lúcio Costa ou o Niemeyer jamais chamaram o Volpi para fazer azulejo, só convidavam o Portinari... Mas aí era o Partido Comunista, né?

PSD Acho que é a cabeça do Niemeyer, porque, por exemplo, a única vez em que fui chamado para falar de Niemeyer foi na Fundação Oscar Niemeyer, e eu falei da relação dele com a obra de arte. Na época da construção de Brasília, estavam vivos e em plena atividade, por exemplo, o Amílcar de Castro e o Weissman. E o Niemeyer chama o Bruno Giorgi!

LM O Niemeyer chegou a chamar o Volpi. Foi quando ele fez, naquela capelinha de Nossa Senhora de Fátima, em Brasília, um afresco que acabou sendo destruído. Foi a primeira vez que apareceram as bandeirinhas.

RN É curioso como, no caso do Volpi, ocorre um movimento oposto. Ele começa como um homem da utilidade, trabalha como decorador de parede – se há quem não queira chamar de pintor de parede, chamemos de pintor decorativo –, para depois se afastar e ter aquele momento da capela do Cristo Operário, que também é interessante. E que também é um trabalho por necessidade, muito provavelmente.

LM Esse trabalho tem algo de militante, porque era da cooperativa da UniLabor, com o padre e o Geraldo de Barros.

RN Um dominicano de esquerda

LM Justamente. Uma mistura de dominicano com trotskista e concretista.

RN Então é como se o movimento do Volpi fosse o oposto dos concretos. Quer dizer, para o Volpi, como ele de fato era operário, a emancipação era se livrar do trabalho, como uma conquista.

PSD O contrário do construtivismo.

LM Porque o construtivismo consiste em fazer o utilitarismo ultrapassar o artesanato. A relação do Volpi com a pintura continuou artesanal, até o ponto de ele fazer o chassi, quer dizer, até o fim. Então, nesse sentido, ele não tem nada de concretista.

PSD O sujeito não desaparece nunca.

RN Ao mesmo tempo, é quase um anônimo, porque também é um homem do povo. Como falamos lá atrás, é como se só pudesse sair arte moderna da depuração do que seria arte popular, mas tem que ser construtivo. Coisa que a Lina Bo Bardi também fez. Quando a Lina foi trabalhar na Bahia, ela recuperou o artesanato, o que também é muito inteligente, diga-se de passagem, muito generoso. Ela tinha um projeto de desenvolver o Nordeste como um todo por meio do artesanato. Então ensinava técnicas de industrialização, de serialização daquele artesanato local para que aquilo pudesse impulsionar a economia das famílias.

LM Tirar do artesanato os fundamentos para a produção do *design* em série também é Bauhaus. Por exemplo, o uso da xilogravura. Todos os *designers* da Bauhaus começavam com estudos da cultura popular. O artista era o povo. O povo tem uma produção base que é de onde o artista deve partir. É isso que eu estava dizendo de procurar no artesanato, na arte dos loucos, na arte das crianças, uma espécie de fazer do qual você vai extrair o *design* ou a racionalidade. Então não é uma produção puramente cerebral. É todo um fazer coletivo.

RN Com isso, podem aparecer mais coisas em jogo do que a gente imagina. Se a Bauhaus é isso, faz muito sentido também para os nossos construtivistas colocar como modelo o artista que sintetizaria a concretização do saber do povo, no sentido mais sofisticado possível. Por outro lado, vejam que curioso, o Waldemar Cordeiro, que se formou na Itália e era um gramsciano – e o Gramsci segue princípios semelhantes aos descritos pelo Lorenzo, no que diz respeito à relação entre cultura e saber popular –, também pensa numa direção semelhante.

PSD Mas é importante lembrar que isso é bem marxista. E a Bauhaus estava dentro da República de Weimar, dentro da variante social-democrata...

SS Creio, como Lorenzo, que a dimensão do artesanal em Volpi está próxima de uma linhagem da tradição construtiva que privilegia a organicidade e a funcionalidade, mais do que a racionalidade das formas. Temos de lembrar da poética do orgânico que vem do expressionismo alemão e que desemboca naturalmente no funcionalismo de Walter Gropius. A simplicidade em Volpi tem mais a ver com uma ideia de funcionalidade, e esta tem uma raiz no sentido ético que se atribui ao orgânico.

LM Todos eles vêm do expressionismo.

SS Sim, a ideia de utilidade tem que passar pela ideia de organicidade.

LM É só ver o quanto há de popular na primeira pintura do Kandinski.

PP Lorenzo, uma vez eu vi você falar que a *arte povera* fazia muito isso também. Lançava mão de todas as técnicas de artesanato...

LM Era uma espécie de reação à indústria. Já é uma arte de resistência, que naturalmente não segue a ideia de depuração via *design*, pelo contrário. Faz o caminho inverso.

AT Falamos há pouco do Niemeyer. Ele teve contato com o Le Corbusier. No caso do Volpi, o equivalente seria ter contato com Picasso. Quer dizer, as condições do país formam a arte. E o Niemeyer é completamente diferente. É muito menos complexo do que o Le Corbusier, mas introduz uma novidade, as curvas. São simples as figuras dele, se pensarmos na Esplanada dos Ministérios.

SEXTA PERGUNTA

VK A obra de Volpi parece ser inesgotável. E isso pode ser visto nos sucessivos textos, retrospectivas e exposições sobre ele. Ela tem uma diversidade enriquecedora, aberta, inquieta, original e independente nessa apreensão do olhar moderno. Então eu colocaria mais duas questões: primeiro, se ainda há ângulos distintos não abordados para estabelecer leituras e parâmetros no trabalho de Volpi. E, segundo, queria que o Paulo Pasta falasse um pouco qual é a influência do Volpi na formação visual e na produção dos artistas contemporâneos.

Em cima, da esquerda para a direita, VANDA KLABIN, PAULO PASTA e ALBERTO TASSINARI; embaixo, em primeiro plano, SÔNIA SALZSTEIN; em seguida, PAULO SÉRGIO DUARTE, RODRIGO NAVES e LORENZO MAMMÌ

RN Eu acho que, como muita coisa criada no Brasil, talvez fosse interessante ver algumas produções juntas. Pensar em uma abordagem não apenas no sentido teórico. Acredito que seria muito esclarecedor, por exemplo, ver um certo Volpi junto de um certo Amílcar, ou do Milton Dacosta mais construtivo. Reparem como foi rica para nossa discussão a aproximação entre as obras do Volpi e do Willys. Imaginem o que não ofereceria uma exposição com obras dos dois.

VK O Amílcar fez um trabalho em homenagem ao Volpi. O Raymundo Collares fez uns três trabalhos em homenagem ao Volpi, decompondo a bandeirinha, escrito atrás, "Quadro para Volpi".

RN Nesse sentido, além de outras questões, ainda há muita coisa que não foi abordada na obra do Volpi. Por mais exposições que tenham sido feitas no Rio de Janeiro, foram coisas muito limitadas.

AT Há vários aspectos a serem abordados, porque é impressionante como os caminhos se cruzam. O Volpi é colorista, mas é luminista, porque trabalha com valores, não só com cores; trabalha com a série, mas não é propriamente minimalista, a figura e o fundo se confundem, e ele faz pulsar e trata cada região com luminosidade, pulsando ainda mais, e daí vem a dinâmica do ritmo. Enfim, é um artista múltiplo. É um grande artista, sobretudo da década de 1950 até a década de 1960. A síntese que ele fez de tantos elementos não é parecida com nada contemporâneo, com nada que se fazia no mundo então e talvez nem no Brasil. Uma singularidade incrível.

LM Para falar de um aspecto mais acadêmico, que é relevante também, Volpi talvez seja um dos poucos artistas brasileiros que tem 70 anos de produção importante, boa. Então ele acaba, pelo menos para um setor do modernismo brasileiro, sendo uma espécie de trilha que, se a acompanharmos, pode constituir vários cruzamentos, confluências, partindo do período das Artes e Ofícios, depois passando pelas exposições da década de 1930; por exemplo a do Salão de Maio de 1938, salão este que no ano seguinte expôs obras do Albers, por quem o Volpi sempre confessou admiração. Essas coisas não estão bem cobertas. Parece que ele de fato deixou de ser o insular do Cambuci e passou a frequentar os artistas. Era muito amigo do Rebolo e do Caymmi, que pintava também. O Caymmi escrevia as canções praieiras na Rego Freitas...

PSD Pois é, o Caymmi veio em 1939 para o Rio de Janeiro e nada daquilo foi criado na Bahia. Foi tudo no Rio e em São Paulo.

LM O que eu quero dizer é que principalmente a primeira fase pré-concreta do Volpi não está ainda bem clara, como tampouco o ambiente em que ele circulava.

RN Falta pesquisar, ir atrás, documentar, ver...

LM Ele frequentava a casa de Tarsila, a casa de Lasar Segall, de De Fiori...

SS Faltaria conhecer melhor a produção dele dos anos 1930, que já é muito interessante e que define um projeto mais pessoal.

LM Embora lá, evidentemente, tenha uma vontade de entrar um pouco nessa coisa *Novecento*, da "família paulista", e que é importante como influência, mesmo sem ser a única que se fazia sentir na época.

SS É uma forma suave de reatar com a tradição. Ela tem muitos ecos de Maffai, e de toda uma tradição europeia, que vai dos mestres antigos à arte moderna. Enfim, há esse "reconhecer-se" no interior da tradição da pintura, um reconhecer-se a partir de um lugar particular, que marca a obra de Volpi e de tantos artistas brasileiros, e que ainda não foi suficientemente discutido.

RN É curioso também que a questão da história da arte na universidade é muito recente, mas às vezes nota-se um viés meio contrário à pesquisa de campo, de ir atrás, de ver como é que era, onde é que o artista expôs, o que viu, em vez de ser só analítico. Essa interseção entre interpretação e pesquisa seria interessante.

PSD Mas o *catalogue raisonné* não está levantando isso tudo?

RN Não. O *catalogue* é só atribuição, pois o Volpi não datava os quadros, então só isso já é muito difícil.

SS Eu queria saber melhor de vocês se, no fim das contas, aquilo que julgamos o melhor e mais pleno da obra do Volpi, que é a produção dos anos 1960, é tímido, pelo fato de não ser "público", de ser subjetivista...

RN Eu acho que sim, até já escrevi sobre isso. A história conspirou contra mim um pouco, porque evidentemente o paradigma do meu raciocínio é moderno e muito criticado hoje em dia, mas não acho que seja um disparate. Estou comparando moderno com moderno. É evidente que se compararmos o Volpi com um artista contemporâneo, o meu raciocínio se complica. Evidentemente, eu posso estar errado, mas o meu critério é o Matisse. Eu acho que nessa comparação a obra do Volpi é tímida.

SS Então você acha que o Volpi não teria lugar de destaque em um capítulo sobre a arte moderna?

RN Acho que não teria. Na verdade, não consigo pensar a obra do Volpi fora do Brasil. A arte dele faz sentido para o Brasil, e a nossa história é muito complicada. Há um travo pré-moderno na pintura do Volpi que, a meu ver, não se explica apenas artisticamente. É algo que vem da nossa sociabilidade, de experiência do mundo, e de um mundo pré-industrial. Nesse sentido, nós éramos uma fazendona.

SS Esse é o destino de todos os artistas brasileiros, então? Um estigma da formação.

RN Não, esse é o destino do Volpi. No meu livro, *A forma difícil*, há uma diferença, por exemplo, entre o travo que há no Amílcar – e aqui uso a palavra "travo" no sentido de uma certa dificuldade de se exteriorizar – e o que existe no Volpi. Eu acho que há uma intensidade estética no Amílcar que não há no Volpi, nesse sentido. Para mim, o Volpi é mais tímido que o Amílcar. Mas não penso em termos de destino, e sim de contingência histórica.

SS Há um travo, concordo. No entanto, quando é problematizado, ele tem potência, como, a meu ver, ocorre em Volpi e Amílcar.

AT Posso estar errado, porém tenho a convicção de que a forma artística é social. A partir desse pressuposto, se a gente pensar a história da literatura brasileira, que essa tem muito mais tradição, muito mais história, mais argumentação, eu acho o Drummond o maior poeta de língua portuguesa. E, no entanto, a história da literatura mundial passa bem sem o Drummond, infelizmente. Eu não passo bem sem o Drummond, mas a história da literatura mundial passa. Eu não passo bem sem o Volpi, mas a história da arte mundial passa. Quer dizer, eu acho que nós temos uma história regional. Nós somos uns sortudos porque temos as duas, eles só têm a deles.

PSD Vocês se lembram como o Antonio Candido no início do *Formação da literatura brasileira* trata a nossa literatura? "O arbusto menor do jardim das musas..."

AT Devemos lembrar, porém, que, no mundo todo, as coisas estão se igualando, os países inclusive, e portanto a arte contemporânea brasileira está hoje mais sintonizada com a produção internacional. Também a arte contemporânea não anda lá muito bem...

LM Se quisermos identificar um momento de inserção forte – talvez não fundamental, mas consistente –, da arte brasileira na arte contemporânea mundial, não podemos deixar de pensar no neoconcretismo. A partir do neoconcretismo, de fato, tem briga. São artistas, não digo fundamentais para a história da arte, mas originais, que mantêm um diálogo contínuo com a produção internacional. Antes disso, de fato, o que temos é uma história local, com grandes nomes, que vai formando uma massa crítica, mas que não tem o nível de reflexividade suficiente para abrir ao Volpi um capítulo da arte moderna, como se abre para o Mondrian, por exemplo. No entanto, se fizermos uma história da arte contemporânea, Hélio Oiticica e Lygia Clark entram.

SS Se você fizesse uma história da arte moderna no fim do século XIX, Segantini e Fattori teriam lugar?

LM Fattori talvez, Segantini, não. Apesar de Segantini quase se salvar porque Kandinski o cita, com certeza não entraria, porque de fato ele é um desdobramento provinciano do divisionismo.

SS Isso acontecia muito no século XIX; o Segantini era muito irregular...

LM Sem dúvida, no momento em que a arte moderna entra na Itália, bem ou mal, surgem a metafísica e o futurismo. Novamente, não são os melhores artistas, mas começa. Depois, de fato, engata. Fattori é admirável. A Itália tem uma tradição enorme, mas não é impressionista.

SS Estou pensando em situações da arte europeia. Deixando de lado os países centrais, existe, por exemplo, a situação russa, que não foi a de uma nação da linha de frente da revolução industrial, e cuja tradição era eminentemente francesa.

RN Mas os russos fizeram a primeira revolução operária do mundo, e, junto com isso, uma arte excelente. Antes e depois, não tem nada. Ou você vai me dizer que o Repin é um grande artista?

SS Estou tentando pensar a arte moderna fora do contexto desses países mais avançados.

RN A arte russa não existia; só passa a existir quando passa a existir sociedade, ou seja, a revolução. Não existe nada, nem antes nem depois.

SS Existia lá uma tradição simbolista...

RN Na qual você só prestou atenção porque depois existiu o Malevich. Você nunca olharia antes. Mesmo o Mondrian, se tivesse morrido com 45 anos, não constaria da história da arte. Do fundo do coração, a minha relação com o Volpi é a mesma relação que tenho com o meu país. Eu gosto do Volpi, como eu gosto do Brasil. Sim e não, portanto. É complicado. Eu me identifico com ele, mas gostaria de poder me identificar mais...

SS Eu apenas relativizaria essa formulação "nós não temos tradição". Somos filhos da tradição moderna. Reconheço todas as nossas particularidades, mas isso não me impedirá de dizer que somos, sim, frutos da propagação dela.

PSD Eu também sou contra isso. Há conceitos que estigmatizam uma trajetória e tiram toda possibilidade de um acaso na existência. Então você fica predestinado eternamente: "eu tenho as ideias fora do lugar, eu sou o arbusto menor do jardim das musas". Esse conceito de formação e esse conceito de história levam a um pecado original, do qual não nos livramos.

SS Foi essa a questão que fiz, se há um pecado original.

RN E você, Sônia, colocaria o Volpi na história da arte? Ao lado de quem? Você o compara ao Pollock?

SS Não. Talvez a um De Pisis...

RN O que De Pisis é na historia da arte? Se o De Pisis não existisse, nada mudaria.

AT O mundo está mudando, os países estão mudando, as relações entre eles estão mudando. A China, na abertura da Olimpíada, quis, de certo modo, reescrever a história – inventará um dia não só a pólvora, mas uma bomba mais que atômica, o diabo. No contexto dessas mudanças, nós somos um país, tirando a China e a Índia, dos mais populosos do mundo, com maior área do mundo e temos uma arte muito singular. Uma hora isso vai ser visto. E o Volpi tem peso. Nós já estamos vendo que tem. O que acontece é um pouco o que o Walter Benjamim dizia, sobre a história ser a história dos vencedores, e não a dos vencidos. Quando a história for mais coletiva, eu acho que o Volpi terá um lugar importante.

RN É disso que estou falando. Os Estados Unidos entraram na história da arte bem depois de se tornarem uma potência econômica. Entraram quando tiveram uma geração de artistas indiscutivelmente grandes. Eu acho que nenhum dos artistas do assim chamado expressionismo abstrato se compara ao Volpi. Não há termos de comparação. Entre o Volpi e o Pollock ou o De Kooning ou o Rothko; há uma distância imensa. Eles são a nova arte moderna.

AT Mas está se abrindo, aos poucos, uma chance de mostrarmos ao mundo a singularidade que é o Brasil. Pode até estar acontecendo, como você falou, um azar histórico: o de estarem sendo privilegiados, como se só existissem eles, o Hélio Oiticica e a Lygia Clark.

LM A questão não é dizer quem é melhor ou pior. Hoje em dia, não há nenhuma diferença entre o Cildo Meirelles e um artista norte-americano. Eles estão todos no mesmo plano. Assim, o que se discute é a preferência pessoal, se você gosta do Cildo ou de algum contemporâneo norte-americano. Mas ambos estão disputando o mesmo campeonato. Não é a mesma coisa que acontece com o Guignard e o Volpi, na época dos expressionistas abstratos norte-americanos, ou mesmo dos tachistas europeus. Os dois refletiam uma questão local, não havia diálogo com a produção internacional. Mas, a partir do neoconcretismo, de fato você tem a instalação de Londres de Robert Morris e tem a instalação do Hélio Oiticica na White Chapel. A partir daí eles já estão correndo na mesma trilha. É como no cinema: uma coisa é discutir *Limite*, o filme do Mario Peixoto. *Limite* interessa só a nós. Glauber Rocha, não, ele interessa ao mundo, porque de fato entra numa discussão em que a relação é contínua. E aí pode-se dizer tanto que Morris foi influenciado pelo Hélio, quanto o Hélio pelo Morris.

SS O que me preocupa é que, às vezes, essa generalização "a arte brasileira" nos impede de verificar a potência e a importância de determinada obra fora dessa abstração.

RN Tudo certo, mas o contrário também é verdadeiro. Ou seja, a falta de rigor deu no Portinari, deu na péssima seleção que se fez de nossos artistas. Quando nós todos começamos a escrever, só existiam esses artistas, que prevaleciam por falta de rigor crítico, por falta de exigência e por ser comumente aceito que a arte brasileira tem que estar a par da sociedade. Aí também é demais. A gente precisa tensionar a corda. Não acho que eu tenha de amar o Volpi irrestritamente. Eu gostaria de gostar mais dele, mas acho que há um limite. Não creio que estejamos fadados a não ser nada. Além de eu acreditar que o acaso pode dar bons frutos, temos coisas mais contínuas, mais encorpadas, como a literatura, o futebol e a música. Nessas áreas a importância da contribuição brasileira não é um acaso.

AT Mas o Éder Jofre, a Maria Esther Bueno e o Volpi são acasos. (RISOS) O mundo está mudando, a sociedade está mudando, bem como as formas de sociabilidade, mas infelizmente a gente não está num grande período. Se fosse na década de 1960, seria diferente. A arte *pop* brasileira é muito aquém do que se fazia fora do país. Talvez o Volpi não seja menos tímido que a *pop* brasileira, tirando algumas exceções.

RN Há pouco eu disse que a história jogou contra mim, pois essa noção mais forte de forma que eu gostaria de ver no Volpi caiu em desuso por causa da arte contemporânea. O futuro muda um pouco a leitura do passado, é evidente, mas hoje em dia a noção de forma é um palavrão. Uma coisa depois da outra, o mote do minimalismo, é "não forma".

AT Quando falamos do Hélio Oiticica e da Lygia Clark, achei curioso, pois o trabalho deles, que seria mais contemporâneo, já não está bem no movimento neoconcretista. É porque eles eram pintores. E, em vez de serem pintores contemporâneos, como o Jasper Johns conseguiu ou o Rauschenberg, são uma espécie de contrapintores. Não dava mais para pintar, achavam. Trabalhos lindos da Lygia, com aquela moldurinha branca, são abandonados e *vêm* para o espaço, enquanto a formação de pintor também *vai* para o espaço, porque se convencionou então acreditar que a pintura havia morrido, mas a pintura não morreu. Foi, entretanto, um equívoco fecundo. Deu em obras lindas, como os relevos espaciais, os *Bólides*. Agora, também é uma defasagem...

RN O Lorenzo se referia ao neoconcretismo depois da Tropicália...

AT Sim, mas a Tropicália é muito diferente, é uma interioridade de percurso que não pode ser vista, por exemplo, num trabalho em que a exterioridade é também importante ou o mais importante, como o do Serra.

LM Sim, mas aí estamos no mesmo plano que a produção no exterior. Claro que há características diferentes, mas são trabalhos da mesma época, têm uma série de problemas que são comuns, ao Morris, a Serra, enfim, eles já dialogam completamente. Eu acho que nessa passagem, na briga entre concretos e neoconcretos, você começa a ter um *corpus*, um pensamento artístico poderoso.

RN Que está embutido na arte.

LM Sim, a obra desafia a autoria, a autoria tem que correr atrás da obra. Não havia tal mecanismo no Brasil até essa época.

LM Não, completamente não. Depois tem a geração da *Malasartes*, enfim.

RN Esse processo resultou nessa hiperinternacionalização que a gente tem hoje, quando parece que o vergonhoso é justamente ter singularidade.

PSD Isso é verdade.

VK Para voltarmos à segunda parte da sexta questão, eu gostaria que o Paulo Pasta falasse sobre a influência do Volpi nos pintores contemporâneos e como essa influência se processa.

PP A influência direta, até onde vejo, é muito pequena. Mas a indireta pode estar tão disseminada e variada que não a percebemos mais. Pode ser que eu esteja cego para essas influências – que podem se dar de tantas maneiras –, pois, por estarmos no Brasil, e, portanto, dentro da sua área de influência, acabaríamos por não percebê-la. Acabamos de ver aqui que o Wyllis de Castro deve muito mais ao Volpi do que a gente pensava. Pode ser que tenha coisas que ficam a dever ao Volpi, mais do que a gente imagina. Mas, agora, à primeira vista, fica difícil definir. Quanto a mim, o Volpi é o pintor brasileiro de quem mais gosto, mas não acho que tenha sido influenciado só por ele. Pode ser que eu esteja repetindo, comigo agora, o que acabei de falar antes... O Volpi tem uma cor mais local e tem uma imaginação terrível pra ir descobrindo as formas a pintar. Não cessa nunca, é uma fonte inesgotável. Isso eu admiro muito, são coisas que não vejo no meu trabalho e que gostaria de ver. Claro, a cor também. Raramente, vendo pintores de todo o mundo, eu encontro a cor com a ambição e a intensidade como existe no Volpi. Mas a minha cor não é volpiana. Eu tenho tonalismo, penso na minha cor, mais para o Bonnard, Corot, Morandi, e agora com o Albers recém-visto, noto muito essa proximidade também. Eu gostaria de ter a cor do Volpi.

LM Eu lembro de uma história do Argan, segundo a qual, a certa altura da vida, ele parou de escrever crítica porque achava que não conseguia mais acompanhar. E dizem que, numa das últimas exposições a que ele foi como crítico, uma exposição de *arte povera*, e ele virou para Kounellis e disse: "Você me desculpe, mas estou muito velho. A meus olhos, tudo aqui parece Morandi."

RN Era uma exposição feita com sacos de cereais de cores diversas. Era tudo tonal.

LM Para ele aquilo era Morandi. E era mesmo. Às vezes a gente não percebe, são relações que imediatamente parecem uma coisa diferente. Talvez o Volpi seja a influência por trás de uma instalação. Afinal, ele entra na formação visual de qualquer artista brasileiro... Já está disseminado, metabolizado.

PP Metabolizado e aparecendo de maneiras que a gente ainda não está conseguindo ver. Esse é o melhor tipo de influência.

SOBRE OS DEBATEDORES

mediadora

VANDA KLABIN Nasceu no Rio de Janeiro. É cientista social, historiadora e curadora de arte. Editora de revistas e catálogos, coordenou inúmeras pesquisas sobre arte brasileira. Realizou várias curadorias de artes plásticas e é autora de artigos e ensaios sobre arte contemporânea. Diretora do Centro de Arte Hélio Oiticica, realizou diversas exposições.

debatedores

ALBERTO TASSINARI Nasceu em São Paulo, em 1953. Formou-se em filosofia pela Universidade de São Paulo, onde também obteve os títulos de mestre, em 1990, e doutor, em 1997. Foi crítico de arte da *Folha de S. Paulo* entre 1987 e 1988, e tem publicadas várias monografias sobre artistas brasileiros contemporâneos, além de artigos e ensaios em revistas especializadas. Seu trabalho sobre aspectos da arte moderna deu origem ao livro *O espaço moderno* (Cosac Naify, 2001).

LORENZO MAMMÌ Nasceu em 1957, em Roma, Itália. É formado em literatura pela Universidade de Estudos de Florença e doutor em filosofia pela Universidade de São Paulo. Reside no Brasil desde 1987. Atua como crítico de arte, de música e professor. Publicou o livro *Volpi* (Cosac Naify, 1999). É consultor da área de música do Instituto Moreira Salles.

PAULO PASTA Nasceu em 1959, na cidade de Ariranha, São Paulo. É pintor, desenhista e professor. Graduou-se em artes plásticas na Universidade de São Paulo, em 1983. Em 1984, realizou sua primeira exposição individual, em São Paulo. Tem publicado, sobre sua obra, o livro *Paulo Pasta* (Edusp, 1998). Titulou-se mestre em artes plásticas pela ECA/USP, em 2002.

PAULO SÉRGIO DUARTE É crítico e professor de história da arte. Publicou dezenas de estudos e ensaios sobre arte moderna e contemporânea. Atualmente, trabalha também na implantação e desenvolvimento de projetos públicos na área de educação e cultura.

RODRIGO NAVES Nasceu em São Paulo, em 1955. É crítico de arte, escritor de ficção e professor. Há mais de duas décadas ministra um curso livre de história da arte. Em seu livro *A forma difícil – Ensaios sobre arte brasileira* (Ática, 1996), publicou o ensaio "Anonimato e singularidade em Volpi". É consultor da área de artes plásticas do Instituto Moreira Salles.

SÔNIA SALZSTEIN Graduou-se em artes plásticas em 1977 e, em 2000, doutorou-se em filosofia pela Universidade de São Paulo, onde leciona atualmente. Coordena as publicações de artes plásticas da editora Cosac Naify. É autora e organizadora de vários livros, entre eles *Volpi* (Silvia Roesler/Campos Gerais, 2000).

GLOSSÁRIO DE NOMES CITADOS

ADO MALAGOLI (1906-1994) Pintor brasileiro.

ALBERTO DA VEIGA GUIGNARD (1896-1962) Pintor brasileiro.

ALDO BONADEI (1906-1974) Pintor brasileiro.

AMÍLCAR DE CASTRO (1920-2002) Escultor brasileiro.

ANDRÉ LHOTE (1885-1962) Pintor e escultor francês.

ANDRÉ MASSON (1896-1987) Pintor francês.

ANDY WARHOL (1928-1987) Artista plástico norte-americano.

ANNA MARIANI (1935-) Fotógrafa brasileira.

ANTONIO GRAMSCI (1891-1937) Filósofo italiano.

ANTÔNIO MANUEL (1947-) Artista plástico brasileiro, atuante em várias áreas.

ARACY AMARAL (1930-) Historiadora e crítica de arte brasileira.

ARSHILE GORKY (1904-1948) Pintor armênio.

ART NOUVEAU Estilo estético essencialmente ligado ao *design* e à arquitetura, mas que teve influência nas artes plásticas. Destaca-se pela exploração de novos materiais, como ferro e vidro, e das novas tecnologias na área gráfica, como a litografia colorida. Henri de Toulouse-Lautrec (1864-1901), Gustav Klimt (1862-1918), nas artes plásticas, e Antoni Gaudí (1852-1926), na arquitetura, são alguns dos artistas representativos do estilo.

ARTE *POP* Conhecido também como *pop art*, é um movimento que usava figuras e ícones populares como tema de suas obras. Andy Warhol e Roy Lichtenstein (1923-1997) foram dois expoentes do movimento.

ARTE POVERA Em português, "arte pobre". Movimento artístico com origem na Itália na década de 1960. Seus seguidores, como Jannis Kounellis e Giovanni Anselmo (1934-), usavam materiais não convencionais (terra, madeira e trapos), com o objetivo de "empobrecer" a pintura e eliminar barreiras entre a obra e a vida cotidiana.

AUGUSTE RENOIR (1841-1919) Pintor francês.

BARNETT NEWMAN (1905-1970) Artista plástico norte-americano.

BAUHAUS Escola alemã de *design*, artes plásticas e arquitetura de vanguarda, que funcionou entre 1919 e 1933.

BERNARD BERENSON (1865-1959) Historiador da arte norte-americano.

BRUNO GIORGI (1905-1993) Escultor brasileiro.

CÂNDIDO PORTINARI (1903-1962) Pintor brasileiro.

CARLOS DRUMMOND DE ANDRADE (1902-1987) Poeta brasileiro

CARLOS VERGARA (1941-) Artista plástico brasileiro.

CATALOGUE RAISONNÉ Catálogo geral que reúne toda a produção de um artista.

CILDO MEIRELLES (1948-) Artista plástico brasileiro.

CLAUDE MONET (1840-1926) Pintor francês.

CLÓVIS GRACIANO (1907-1988) Pintor, desenhista, gravador e ilustrador brasileiro.

CLUBINHO Apelido do Clube dos Artistas e Amigos da Arte, entidade fundada em 1945 para apoiar e estimular a produção artística em São Paulo.

COLEÇÃO ADOLFO LEIRNER Prestigiosa coleção de arte concretista brasileira.

COLEÇÃO CISNEROS Programa de artes visuais da Fundación Cisneros, cuja missão é colecionar, preservar, estudar e expor as obras de arte da coleção e os arquivos a ela relacionados. A coleção é constituída principalmente de arte moderna e contemporânea, com ênfase na América Latina.

CONCRETISMO Movimento de vanguarda nascido na década de 1950. Defendia a racionalidade e rejeitava a abstração lírica e aleatória. Nas artes plásticas, o principal nome do movimento é Max Bill (1908-1994).

CONSTRUTIVISMO Movimento estético de origem russa, surgido no início do século XX, que negava a "arte pura" e defendia a inspiração nas máquinas e na industrialização. Caracterizou-se, principalmente, pelo uso de elementos geométricos, cores primárias, fotomontagem e a tipografia. Vladimir Tatlin (1885-1953) é um dos principais nomes do movimento nas artes plásticas.

CUBISMO Movimento artístico que representava as formas da natureza por meio de figuras geométricas, representando todas as partes de um objeto no mesmo plano. Teve como principais seguidores, Pablo Picasso, Georges Braque e Kazimir Malevich.

DECIO PIGNATARI (1927-) Poeta e ensaísta brasileiro.

DÉCIO VIEIRA (1922-1988) Pintor brasileiro.

DIEGO VELÁZQUEZ (1599-1660) Pintor espanhol.

DIVISIONISMO Também chamado de pontilhismo, é uma técnica de pintura, desenvolvida por artistas impressionistas, em que pequenas manchas ou pontos de cor provocam, pela justaposição, uma mistura óptica nos olhos do observador.

DJANIRA DA MOTA E SILVA (1914-1979) Pintora e gravadora brasileira.

DOMINGOS GIOBBI Engenheiro e colecionador de arte.

DORIVAL CAYMMI (1914-2008) Cantor e compositor brasileiro.

ÉDER JOFRE (1936-) Pugilista brasileiro.

ELLSWORTH KELLY (1923-) Pintor, escultor e *designer* norte-americano.

EMÍDIO DE SOUZA (1868-C.1949) Artista plástico brasileiro.

EMILIANO DI CAVALCANTI (1897-1976) Pintor brasileiro.

ÉMILLE BERNARD (1868-1941) Pintor francês.

EMILY DICKINSON (1830-1886) Poeta norte-americana.

ERNESTO DE FIORI (1884-1945) Pintor e desenhista ítalo-brasileiro.

EXPRESSIONISMO ABSTRATO Movimento artístico com origem nos Estados Unidos na década de 1940. Combinava intensidade emocional e estética antifigurativa. Arshile Gorky, Jackson Pollock e Willem de Kooning foram alguns de seus expoentes.

FÁBIO MIGUEZ (1962-) Gravador, pintor, ilustrador e artista gráfico brasileiro.

FAYGA OSTROWER (1920-2001) Gravadora, pintora e desenhista brasileira nascida na Polônia.

FIGURATIVISMO Tendência artística baseada na representação de seres e objetos em suas formas reconhecíveis para os que as olham.

FILIPPO DE PISIS (1896-1956) Pintor italiano.

FILIPPO TOMMASO MARINETTI (1876-1944) Escritor, poeta e jornalista italiano, iniciador do futurismo.

FRANCISCO REBOLO (1902-1980) Pintor brasileiro.

FRANK STELLA (1936-) Artista plástico norte-americano.

FRANZ WEISSMAN (1911-2005) Escultor austro-brasileiro.

FULVIO PENNACCHI (1905-1992) Pintor, muralista e ceramista ítalo-brasileiro.

FUTURISMO Movimento artístico do início do século XX que rejeitava o passado. Suas obras baseavam-se nos desenvolvimentos tecnológicos do período. Nas artes plásticas, seus principais seguidores foram Umberto Boccioni (1882-1916), Carlo Carrá (1881-1966) e Luigi Russolo (1885-1947).

GEORGES BRAQUE (1882-1963) Pintor e escultor francês.

GERALDO DE BARROS (1923-1998) Pintor e fotógrafo brasileiro.

GERDA BRENTANI (1908-1999) Pintora, gravadora e desenhista ítalo-brasileira.

GILBERTO FREYRE (1900-1987) Sociólogo e antropólogo brasileiro.

GIORGIO MORANDI (1890-1964) Pintor italiano.

GIOTTO DI BONDONE (1266-1337) Pintor e arquiteto italiano.

GIOVANNI FATTORI (1825-1908) Pintor italiano.

GIOVANNI SEGANTINI (1858-1899) Pintor italiano.

GIULIO CARLO ARGAN (1909-1992) Historiador da arte italiano.

GLAUBER ROCHA (1939-1981) Cineasta brasileiro.

GRUPO SANTA HELENA Grupo de pintores, entre eles Volpi, que se reuniam, a partir dos meados da década de 1930, nos ateliês de Francisco Rebolo e Mário Zanini.

HÉLIO OITICICA (1937-1980) Pintor e escultor brasileiro.

HENRI MATISSE (1869-1954) Pintor francês.

HERBERT READ (1893-1968) Poeta e crítico de arte britânico.

HÉRCULES BARSOTTI (1914-) Pintor, desenhista e gravador brasileiro.

HILDE WEBER (1913-1994) Pintora e desenhista brasileira nascida na Alemanha.

HUMBERTO ROSA (1908-1948) Pintor e desenhista brasileiro.

IBERÊ CAMARGO (1914-1994) Pintor e gravador brasileiro.

ILYA REPIN (1844-1930) Pintor russo.

IMPRESSIONISMO Movimento artístico do século XIX no qual a luz e o movimento tornam-se o principal elemento da pintura. Claude Monet, Edouard Manet (1832-1883), Edgar Degas (1834-1917) e Auguste Renoir foram os principais nomes do movimento.

IOLE DE FREITAS (1945-) Escultora e gravadora brasileira

JACKSON POLLOCK (1912-1956) Pintor norte-americano.

JACOB KLINTOWITZ (1941-) Crítico de arte brasileiro.

JANNIS KOUNELLIS (1936-) Pintor e escultor grego.

JASPER JOHNS (1930-) Pintor norte-americano.

JEAN-BAPTISTE-CAMILLE COROT (1796-1875) Pintor francês.

JOAN MIRÓ (1893-1983) Pintor catalão.

JOAQUÍN TORRES GARCÍA (1847-1949) Artista e teórico brasileiro.

JOHN DEWEY (1859-1952) Filósofo norte-americano.

JOHN RUSKIN (1819-1900) Crítico de arte inglês.

JORGE GUINLE (1916-2004) *Socialite* brasileiro.

JOSÉ PANCETTI (1902-1958) Pintor brasileiro.

JOSÉ RESENDE (1945-) Gravurista brasileiro.

JOSEF ALBERS (1888-1976) Pintor alemão.

KAZIMIR MALEVICH (1878-1935) Pintor russo.

LASAR SEGALL (1891-1957) Pintor lituano radicado no Brasil.

LE CORBUSIER Pseudônimo de Charles-Edouard Jeanneret-Gris (1887-1965), arquiteto, urbanista e pintor.

LEON BATTISTA ALBERTI (1404-1472) Arquiteto e teórico da arte genovês.

LICEU DE ARTES E OFÍCIOS Instituição que oferecia cursos elementares e técnicos, como aulas de pintura acadêmica, onde artistas de classe social mais baixa, na maioria recém-imigrados, que ficavam à margem dos intelectuais de vanguarda, podiam obter sua formação.

LINA BO BARDI (1914-1992) Arquiteta ítalo-brasileira.

LÚCIO COSTA (1902-1998) Arquiteto e urbanista brasileiro.

LYGIA CLARK (1920-1988) Pintora e escultora brasileira.

LYGIA PAPE (1927-2004) Gravadora, escultora e pintora brasileira.

MACCHIAIOLI Grupo de pintores italianos dos meados do século XIX que romperam com as tradições acadêmicas. Entre eles, destacam-se Giovanni Fattori, Silvestro Lega (1826-1895) e Telemaco Signorini (1835-1901).

MANOEL MARTINS (1911-1979) Pintor, desenhista, gravador e escultor brasileiro.

MANUEL BANDEIRA (1886-1968) Poeta brasileiro.

MARGARITONE D'AREZZO (C.1250-1337) Pintor italiano.

MARIA ESTHER BUENO (1939-) Tenista brasileira.

MÁRIO BARATA (1921-2007) Historiador, jornalista e museólogo brasileiro.

MÁRIO DE ANDRADE (1893-1945) Escritor brasileiro.

MARIO MAFFAI (1902-1965) Pintor italiano.

MÁRIO PEDROSA (1901-1981) Crítico de arte brasileiro.

MARIO PEIXOTO (1908-1992) Cineasta e escritor brasileiro.

MÁRIO SCHENBERG (1914-1990) Físico e crítico de arte brasileiro.

MÁRIO ZANINI (1907-1971) Pintor e decorador brasileiro.

MARK ROTHKO (1903-1970) Pintor russo, radicado nos EUA.

MAURICE DENIS (1870-1943) Pintor francês.

MAX BENSE (1910-1990) Filósofo e escritor alemão.

MILTON RODRIGUES DA COSTA, OU MILTON DACOSTA (1915-1988) Pintor, desenhista e gravador brasileiro.

MINIMALISMO Movimento artístico que ultrapassava o conceito tradicional de suporte e buscava composições estéticas a partir de estruturas bi ou tridimensionais, que poderiam ser chamadas de "objetos". Frank Stella é um de seus principais representantes.

MODERNISMO Designação genérica para o conjunto de movimentos, escolas e estilos que permearam as artes na primeira metade do século XX. Nas artes plásticas, o cubismo, o futurismo, o expressionismo, o construtivismo, o surrealismo e a *pop art* foram algumas das correntes que formaram o modernismo.

MURILO MENDES (1901-1975) Escritor brasileiro.

NEOCONCRETISMO Movimento artístico surgido no Rio de Janeiro no fim da década de 1950, que rompia com o concretismo e buscava novos caminhos para a arte, unindo sensibilidade, expressividade e subjetividade ao geometrismo puro. Amílcar de Castro, Franz Weissman, Lygia Clark e Lygia Pape foram alguns dos signatários do Manifesto Neoconcreto.

OLÍVIO TAVARES DE ARAÚJO Crítico de arte, cineasta e jornalista brasileiro.

OSCAR NIEMEYER (1907-) Arquiteto brasileiro.

OSWALDO GOELDI (1895-1961) Desenhista, ilustrador e gravador brasileiro.

PABLO PICASSO (1881-1973) Pintor espanhol.

PADRE ANTÔNIO VIEIRA (1608-1697) Religioso e escritor português.

PAOLO RISSONE (1925-) Pintor brasileiro.

PAOLO UCCELLO (1397-1475) Pintor italiano.

PAOLO VERONESE (1528-1588) Pintor italiano.

PAUL CÉZANNE (1839-1906) Pintor francês.

PAUL GAUGUIN (1848-1903) Pintor francês.

PAUL KLEE (1879-1940) Pintor alemão.

PAULO MENDES DE ALMEIDA (1905-1986) Poeta e crítico de arte brasileiro.

PAULO ROSSI OSIR (1890-1959) Pintor, desenhista e arquiteto brasileiro.

PIERRE BONNARD (1867-1947) Pintor francês.

PIET MONDRIAN (1872-1944) Pintor holandês.

QUIRINO DA SILVA (1897-1981) Crítico de arte e artista plástico brasileiro.

RAOUL DUFY (1877-1953) Pintor francês.

RAQUEL ARNAUD Galerista.

RAYMUNDO COLLARES (1944-1986) Pintor brasileiro.

REPÚBLICA DE WEIMAR Instaurada na Alemanha logo após a Primeira Guerra Mundial, teve como sistema de governo o modelo parlamentarista democrático. Foi sucedida pelo nazismo.

REVISTA *MALASARTES* A revista *Malasartes* de crítica de arte, ocupa lugar de destaque no panorama artístico brasileiro, em função de sua qualidade e, sobretudo, de seu caráter crítico e tom irreverente. Teve apenas três números editados, contudo, entre setembro de 1975 e junho de 1976.

RICHARD DIEBENKORN (1922-1993) Pintor norte-americano.

RICHARD SERRA (1939-) Escultor norte-americano.

ROBERT MORRIS (1931-) Artista e escultor norte-americano.

ROBERT RAUSCHENBERG (1925-2008) Artista norte-americano.

ROBERTO LONGHI (1890-1970) Historiador da arte italiano.

ROBERTO PONTUAL Crítico de arte brasileiro.

RONALDO BRITO (1949-) Crítico de arte brasileiro.

SEAN SCULLY (1945-) Pintor e gravador irlandês.

SÉRGIO BUARQUE DE HOLANDA (1902-1982) Historiador brasileiro.

SÉRGIO MILLIET (1898-1966) Crítico de arte, poeta e sociólogo brasileiro.

SIMBOLISMO Movimento com origem na França no final do século XIX. Marcado pela temática alegórica, rejeitava as formas realistas e naturalistas e o conceito de que a arte só poderia ser realizada por meio de imagens não abstratas que representassem com fidelidade o mundo real. Entre os principais pintores simbolistas, destacam-se Paul Gauguin, Maurice Denis e Edvard Munch (1863-1944).

SURREALISMO Movimento artístico surgido em Paris nos anos 1920 que, influenciado pelas ideias de Sigmund Freud (1856-1939) enfatizava o papel do inconsciente na atividade artística. Max Ernst (1891-1976), René Magritte (1898-1967) e Salvador Dalí (1904-1989) são alguns de seus principais representantes.

TACHISTAS Representantes do tachismo, pintura abstrata que se desenvolveu na França nos anos 1940 e 1950. Seu estilo era caracterizado por pinceladas espontâneas e vigorosas, manchas, pingos e escorridos.

TARSILA DO AMARAL (1886-1973) Pintora e desenhista brasileira.

THEON SPANUDIS (1915-1986) Psicanalista, poeta, colecionador e crítico de arte, Theon Spanudis nasceu em Esmirna, Turquia, e mudou-se para São Paulo em 1950, a convite da Sociedade Brasileira de Psicanálise, na qual lecionou até 1957. Foi o principal colecionador de obras de Volpi.

TROPICÁLIA Movimento cultural brasileiro do final da década de 1960, principalmente na música, que pregava a fusão de elementos culturais estrangeiros com aspectos tradicionais da cultura brasileira. Nas artes plásticas, Hélio Oiticica foi o principal nome do movimento.

TUNGA Apelido de Antônio José de Barros de Carvalho e Melo Mourão (1952-), escultor e desenhista brasileiro.

UNILABOR Fábrica de móveis modernos, constituída na forma de cooperativa de autogestão.

VINCENT VAN GOGH (1853-1890) Pintor holandês.

WALDEMAR CORDEIRO (1925-1973) Pintor, escultor e crítico de arte brasileiro.

WALTER BENJAMIN (1892-1940) Filósofo alemão.

WALTER GROPIUS (1883-1969) Arquiteto alemão.

WALTÉRCIO CALDAS (1946-) Escultor, desenhista e artista gráfico.

WASSILY KANDINSKI (1866-1944) Pintor russo.

WESLEY DUKE LEE (1931-) Desenhista, gravador e artista gráfico brasileiro.

WILLEM DE KOONING (1904-1997) Pintor holandês.

WILLYS DE CASTRO (1926-1988) Pintor, gravador, desenhista e *designer* brasileiro.

CRONOLOGIA

VIDA E OBRA DE ALFREDO VOLPI

1896 Alfredo Volpi nasce em 14 de abril, na cidade de Lucca, Itália, terceiro filho de Ludovico e Giuseppina Volpi.

1898 A família Volpi emigra para o Brasil, fixando residência no bairro do Ipiranga, na capital paulista. Lá, Ludovico abre uma pequena venda de queijos e vinhos, e Volpi passa a estudar na escola italiana do bairro. Ainda criança, faz seus primeiros trabalhos como entalhador e encadernador.

1912 Começa a trabalhar como pintor-decorador de residências.

1914 Pinta sua primeira paisagem, um óleo sobre papelão de 16,5 × 27 cm.

1918 Junto com o pintor Orlando Tarquínio, realiza trabalho de decoração para o Hospital Militar, em São Paulo.

1925 Participa de sua primeira exposição, a 2ª Exposição Geral de Belas-Artes, no Palácio das Indústrias de São Paulo. Apesar de algumas críticas negativas, vende sua primeira obra, um retrato da irmã costurando.

1926 Executa pinturas em estilo florentino, em uma residência no bairro do Paraíso. Assiste à conferência de Filippo Tommaso Marinetti, teórico e poeta do futurismo italiano.

1927 Conhece Benedita da Conceição (Judite), com quem se casaria em 1942, e Mário Zanini, a quem ficaria ligado tanto pelas atividades artísticas quanto pelas artesanais.

1928 Recebe a medalha de ouro no *Salão de Belas-Artes Muse Italiche*, mostra que reuniu obras de artistas italianos radicados no Brasil.

1933 Participa, no Rio de Janeiro, da 39ª Exposição Geral de Belas-Artes, no Palácio de Belas-Artes, e recebe medalha de bronze. Conhece, por intermédio do pintor Ado Malagoli, Francisco Rebolo, que também exercia a profissão de pintor-decorador.

1934 Expõe no 1º Salão Paulista de Belas-Artes. Passa a frequentar as sessões de modelo vivo no palacete Santa Helena, na praça da Sé, onde já se reuniam Francisco Rebolo, Mário Zanini, Manoel

Martins, Humberto Rosa e Fulvio Pennacchi. Junto com Aldo Bonadei e Clóvis Graciano, que se juntariam ao grupo mais tarde, passam a formar o Grupo Santa Helena, batizado pelo crítico Sérgio Milliet em 1941.

1935 Ganha a medalha de bronze no 2º Salão Paulista de Belas-Artes.

1936 Junto com outros integrantes do Grupo Santa Helena, integra a *Exposição de pequenos quadros*, organizada pela Sociedade Paulista de Belas-Artes.

1937 Participa da 1ª Exposição da Família Artística Paulista, no hotel Esplanada, cujo catálogo teve introdução do crítico Paulo Mendes de Almeida. Sob encomenda do empresário Pedro Morganti, prepara croquis para a pintura da capela da usina de açúcar de Monte Alegre, em Piracicaba, e tem a ajuda de Mário Zanini e Aldorigo Marchetti para realizar a pintura a óleo nas paredes e na cúpula, concluindo o trabalho no ano seguinte. Conhece Ernesto de Fiori e Bruno Giorgi.

1938 Expõe no 2º Salão de Maio.

1939 É um dos destaques no 2º Salão da Família Artística Paulista e expõe no 5º Salão do Sindicato dos Artistas Plásticos de São Paulo. Por razões de saúde, Judite se muda para Itanhaém, no litoral paulista. Volpi a visita nos fins de semana e produz várias marinhas.

1940 Tem obras expostas na última edição do Salão da Família Artística Paulista; no 46º Salão Nacional de Belas-Artes, no Museu Nacional de Belas-Artes, no Rio de Janeiro; no 6º Salão do Sindicato dos Artistas Plásticos, em São Paulo; e no Salão de Belas-Artes do Rio Grande do Sul, em Porto Alegre. Visita a *Exposição de arte francesa*, que traz obras de Cézanne, Gauguin, Van Gogh, Matisse, Picasso, entre outros. Começa a trabalhar para a Osirarte, pequena fábrica de azulejos decorativos, fundada e dirigida por Paulo Rossi Osir, e passa a produzir, junto com outros artistas, como Mário Zanini, Hilde Weber e Gerda Brentani, painéis de azulejos com cenas populares e temas folclóricos para a decoração de residências.

1941 Recebe medalha de prata no 47º Salão Nacional de Belas-Artes, no Museu Nacional de Belas-Artes, no Rio de Janeiro. Participa, no Parque da Indústria Animal, em São Paulo, do 1º Salão de Arte da Feira Nacional de Indústrias, organizado pelo pintor Quirino da Silva. A Osirarte realiza a primeira exposição com o trabalho dos artistas ligados à empresa. Volpi ganha, com a guache *Nossa Senhora*, o primeiro prêmio no concurso promovido pelo Serviço do Patrimônio Artístico e Histórico Nacional para a divulgação dos monumentos de São Miguel e Embu, com júri formado por Mário de Andrade, Sérgio Milliet e Bruno Giorgi.

1942 Judite volta de Itanhaém e se casa com Volpi. O casal passa a morar em um sobrado na rua Gama Cerqueira, no Cambuci. O artista expõe no 48º Salão Nacional de Belas-Artes e no 7º Salão do Sindicato dos Artistas Plásticos.

1943 No Rio de Janeiro, participa do 49º Salão Nacional de Belas-Artes e da exposição da Osirarte realizada no Museu Nacional de Belas-Artes.

1944 Faz sua primeira exposição individual, na Galeria Ita, em São Paulo, com texto de apresentação de Mário Schenberg. Todas as obras são vendidas, e Mário de Andrade compra uma marinha, incorporada hoje ao acervo do Instituto de Estudos Brasileiros. Participa da *Exposição de arte moderna*, em Belo Horizonte, onde é convidado pelo então prefeito Juscelino Kubitscheck a visitar as cidades histórias do Estado. Volpi produz alguns desenhos de Ouro Preto. Participa do 9º Salão do Sindicato dos Artistas Plásticos e da exposição coletiva da Osirarte, ambos em São Paulo. Integra a *Exposição de pintura moderna brasileira*, primeira coletiva de artistas brasileiros modernos realizada na Inglaterra.

1945 Expõe em coletivas nas galerias Benedetti e Itapetininga, em São Paulo. Junto com Francisco Rebolo, Mário Zanini, Paulo Rossi Osir e Nelson Nóbrega, faz a decoração de um baile de carnaval na galeria Ipiranga. Parte da renda arrecadada é usada para a fundação do Clube dos Artistas e Amigos da Arte, conhecido como Clubinho.

1946 Tem sua segunda exposição individual, na galeria Domus, em São Paulo. Participa da *Exposición de pintura contemporanea brasileña*, organizada pela Universidade do Chile. Integra a *Exposición de Osirarte*, com texto de apresentação de Sérgio Milliet, que circula em Buenos Aires e Mendoza, na Argentina. Recebe o Prêmio Mário de Andrade no 10º Salão do Sindicato dos Artistas Plásticos, em São Paulo.

1947 Participa de exposição coletiva na galeria Domus e do 11º Salão do Sindicato dos Artistas Plásticos.

1948 Expõe no 12º Salão do Sindicato dos Artistas Plásticos e na coletiva *Art club*, na galeria Livros de Arte, ambos em São Paulo.

1949 No Rio de Janeiro, tem obras expostas na *Exposição de pintura paulista*, organizada pela galeria Domus, ocasião em que o escritor Murilo Mendes adquire um trabalho do pintor. Participa de coletiva na sede do Instituto dos Arquitetos do Brasil e do 1º Salão Baiano de Belas-Artes. Faz trabalhos de decoração para o setor de pediatria do hospital São Luís Gonzaga, no Jaçanã, em que se destacam coretos, mastros juninos, pássaros, cavalinhos de balanço e pipas.

1950 Viaja à Europa junto com Mário Zanini e Paulo Rossi Osir e participa da 25ª Bienal de Veneza. Para financiar a viagem, participa de coletiva na galeria Domus e faz um acordo com futuros compradores: pintará certo número de trabalhos após voltar ao país em troca de pagamento adiantado. Na Itália, visita várias vezes Pádua, para contemplar os afrescos de Giotto na capela degli Scrovegni. Viaja também para Roma, Nápoles, Arezzo e a Sicília.

1951 Integra o 1º Salão Paulista de Arte Moderna e expõe na 1ª Bienal de São Paulo, onde o crítico e colecionador Theon Spanudis, que viria a ser um dos maiores defensores e o maior colecionador da obra de Volpi, trava contato com o pintor.

1952 É incluído na representação brasileira da 26ª Bienal de Veneza e recebe o Prêmio Aquisição. Participa da mostra *Volpi, Zanini, Rossi*, no Instituto Cultural Ítalo-Brasileiro, em São Paulo. Recebe a medalha de prata no 1º Salão Nacional de Arte Moderna, no Rio de Janeiro.

1953 Participa da 2ª Bienal de São Paulo e divide o prêmio Melhor Pintor Nacional com Di Cavalcanti, por insistência do crítico inglês Herbert Read, e ganha ainda o Prêmio Aquisição Unesco.

1954 Novamente é selecionado para participar da 27ª Bienal de Veneza e integra a *Exposição brasileira*, na Galleria Nazionale d'Arte Moderna, em Roma. Viaja à Bahia, acompanhado por Theon Spanudis, de onde surge uma série de trabalhos inspirados em detalhes da arquitetura barroca. Pinta sua primeira tela com mastro e bandeirinhas, inspirada em uma festa de São João, em Mogi das Cruzes.

1955 Acontece sua terceira exposição individual, na galeria Tenreiro, em São Paulo. Expõe na 3ª Bienal de São Paulo e ganha o prêmio Governo do Estado no 4º Salão Paulista de Arte Moderna, em São Paulo. Sua obra é exposta em mostra no Carnegie Institute, em Pittsburgh, nos Estados Unidos.

1956 O Museu de Arte Moderna de São Paulo (MAM/SP) organiza a exposição *Volpi – Trinta obras selecionadas*. No mesmo museu, integra a mostra *50 anos de paisagem brasileira*. Participa como artista convidado da 1ª Exposição Nacional de Arte Concreta, no Museu de Arte de São Paulo (Masp). Sua obra é apresentada na exposição *Quatro mestres, quatro visões: Barsotti, Ianelli, Tomie, Volpi*, na Simões de Assis Galeria de Arte, em Curitiba.

1957 Mário Pedrosa organiza *Volpi 1924-1957*, primeira retrospectiva de sua obra, e escreve o texto do catálogo da exposição, realizada no Museu de Arte Moderna do Rio de Janeiro (MAM/RJ). Participa da edição carioca da 1ª Exposição Nacional de Arte Concreta. Integra a seleção de artistas da exposição *Arte moderna del Brasil*, apresentada em Buenos Aires, Rosário, Santiago e Lima. Participa da 4ª Bienal de São Paulo.

1958 Recebe o Prêmio Nacional Guggenheim, junto com Milton Dacosta, Lygia Clark, Djanira da Mota e Silva e Paulo Rissone. Produz afrescos e desenha paramentos para a capela de Nossa Senhora de Fátima, em Brasília, projetada por Oscar Niemeyer.

1959 Participa da Exposição Guggenheim, que reuniu os vencedores do prêmio da instituição do ano anterior. Marca presença na 5ª Mostra Internacional de Arte, em Tóquio. No Rio de Janeiro, realiza individual na galeria Gea, e integra a mostra *Quarenta artistas do Brasil* na galeria de arte São Luís, em São Paulo. Faz parte do júri de seleção da 5ª Bienal de São Paulo, ao lado de Paulo Mendes de Almeida, Ernesto Wolf, Mário Barata e Fayga Ostrower. Inaugura-se na residência do escultor Antônio Zorlini uma exposição de obras antigas de Volpi.

1960 Realiza exposição individual na galeria de arte São Luís, em São Paulo, com texto de apresentação do artista plástico Willys de Castro.

1961 Ganha uma sala especial durante a 6ª Bienal de São Paulo, onde são expostas 53 obras suas, com apresentação de Mário Schenberg. Em Brasília, participa da exposição *Pinturas, desenhos e gravuras da coleção do Museu de Arte Moderna de São Paulo*, e, em São Paulo, apresenta obras na mostra *Clube dos Artistas e Amigos da Arte*.

1962 Recebe o prêmio Melhor Pintor Brasileiro, da crítica de arte do Rio de Janeiro. Participa da 31ª Bienal de Veneza e da 1ª Bienal

Americana de Arte, no Museu Provincial de Bellas Artes Emilio A. Caraffa, em Córdoba, e no Museu de Arte Moderna de Buenos Aires, com texto de apresentação de Antonio Bento. Realiza individual na Petite Galerie, no Rio de Janeiro. Executa quatro painéis a óleo para decorar navios da Companhia de Navegação Costeira, com ajuda do pintor Décio Vieira.

1963 Apresenta trabalhos na Galleria d'Arte Casa del Brasile, em Roma, com textos de apresentação de Murilo Mendes e Mário Schenberg, e na galeria do Studium Generale, em Stuttgart, Alemanha, com apresentação de Max Bense. Participa de mostra na galeria Seta e na galeria do Instituto dos Arquitetos do Brasil, ambas em São Paulo, e é representado na exposição *Homenagem a Portinari*, em Brodósqui (SP).

1964 Participa da 32ª Bienal de Veneza.

1965 Realiza individual na Petite Galerie, no Rio de Janeiro.

1966 É homenageado na 1ª Bienal de Artes Plásticas de Salvador com sala especial *hors-concours*. Executa o afresco *Dom Bosco*, no palácio do Itamaraty, em Brasília. Integra a mostra *O grupo Santa Helena hoje*, na galeria de arte 4 Planetas, em São Paulo.

1967 Tem obras expostas na exposição *A Família Artística Paulista: trinta anos depois*, no auditório Itália, em São Paulo.

1968 Participa da exposição *Coleção Tamagni*, no MAM-SP.

1969 Sua obra é reunida na exposição *Vinte anos (1948-1968) na pintura de Alfredo Volpi*, na galeria Cosme Velho, em São Paulo.

1970 Recebe o prêmio de Melhor Pintor na exposição *Panorama de arte atual brasileira*, no MAM-SP, com a tela *Mastros*. É novamente eleito o melhor pintor brasileiro pela crítica de arte do Rio de Janeiro. Expõe na mostra de abertura da galeria Astreia, em São Paulo, e na Petite Galerie, no Rio de Janeiro.

1971 Expõe na galeria Ralph Camargo e na galeria Astreia.

1972 Organizada por Aracy Amaral, a exposição *Alfredo Volpi. Pintura (1914-1972)* reúne cerca de 200 obras de Volpi no MAM-RJ.

A exposição *Alfredo Volpi: alguns trabalhos selecionados (1925-1972)*, na galeria Barcinski, no Rio de Janeiro, também apresenta um panorama de sua produção. Em São Paulo, integra as exposições *Semana de 22. Antecedentes e consequências*, no Masp, *Temática brasileira*, no Paço das Artes, e *Grupo Santa Helena: desenhos*, na Azulão Galeria. Morre Judite, sua mulher.

1973 Recebe várias homenagens, como a Medalha Anchieta, da Câmara Municipal de São Paulo; o título de Grão-Mestre da Ordem de Rio Branco, do Ministério das Relações Exteriores; a Ordem do Mérito da República Italiana; o prêmio Personalidade Global do Governo do Estado; e o prêmio da Associação Paulista dos Críticos de Arte (APCA). Exibe trabalhos na exposição *Oito pintores do grupo Santa Helena*, na Uirapuru Galeria de Arte, na 1ª Exposição Brasil-Japão de Artes Plásticas, na Fundação Brasil-Japão, e na galeria Cosme Velho, todas em São Paulo.

1974 Participa de mostra na galeria de arte Ipanema, no Rio de Janeiro, e da exposição *Quatorze artistas do Brasil moderno*, no Departamento de Assuntos Culturais do Ministério da Educação e Cultura.

1975 É realizada a maior retrospectiva de sua obra até então, com mais de 300 obras reunidas no MAM-SP, abrangendo o período de 1914 a 1975, com apresentação de Paulo Mendes Campos. Faz parte das mostras *Quarenta anos do Grupo Santa Helena*, no Paço das Artes, e *O modernismo de 1917 a 1930*, no Museu Lasar Segall, em São Paulo. Participa da 2ª Exposição de Belas-Artes Brasil-Japão, no salão da Assembleia Legislativa do Estado, em São Paulo, e no Centro Lume, no Rio de Janeiro.

1976 A retrospectiva *Volpi: a visão essencial*, com texto do crítico Olívio Tavares de Araújo, é promovida no Museu de Arte Contemporânea de Campinas José Pancetti. Realiza individual na galeria de arte do Instituto dos Arquitetos do Brasil, em Porto Alegre. É selecionado para a exposição *Brasil. Artistas do século* XX, no Centre d'Art Plastique Contemporaine, em Paris. Apresenta seus trabalhos na estação São Bento do metrô de São Paulo e expõe na galeria Cosme Velho. Ainda em São Paulo, participa da mostra *Os artistas e a Olivetti*, no Masp, e das exposições *Arte brasileira do século* XX*: caminhos e tendências*, na galeria Arte Global, *Panorama de arte atual brasileira*, no MAM-SP, *Coleção Theon Spanudis*, no Museu de Arte Contemporânea da Universidade de São Paulo (MAC-USP), *Os salões: da Família Artística Paulista, de Maio e do Sindicato dos Artistas Plásticos de São Paulo*, no Museu Lasar Segall, e *Santeiros imaginários*, no Paço das Artes.

1977 Faz parte da seleção da exposição *Projeto construtivo brasileiro na arte (1950-62)*, organizada por Aracy Amaral na Pinacoteca do Estado de São Paulo e no MAM-RJ. Participa da exposição *Grupo Santa Helena. Grupo Seibi*, na Fundação Armando Álvares Penteado. Duas de suas obras são incluídas na exposição *Homenagem a Francisco Matarazzo Sobrinho*, no MAC-USP. Integra as exposições *Colecionadores das arcadas*, no MAM-SP, e a 3ª Exposição de Belas-Artes Brasil-Japão, na Fundação Messiânica do Brasil, em São Paulo.

1978 Em São Paulo, integra a exposição *As Bienais e a abstração: a década de 50*, no Museu Lasar Segall, e expõe na galeria Cosme Velho, na mostra *Alfredo Volpi: construtivismo. Têmperas*. No Rio de Janeiro, marca presença nas exposições *Construtivistas e figurativos na coleção Theon Spanudis*, no Centro de Artes Porto Seguro, e *Arte agora III – América Latina: geometria sensível*, organizada por Roberto Pontual.

1979 Participa da 15ª Bienal de São Paulo. Expõe na galeria Ipanema, no Rio de Janeiro. As exposições *Coleção Theon Spanudis*, no MAC-USP, *Desenhos dos anos 40*, na biblioteca Mário de Andrade, e *Quatro coloristas: Volpi, Boese, Barsotti, Thomaz* apresentam obras do pintor.

1980 A galeria A Ponte organiza a exposição *Volpi: as pequenas grandes obras. Três décadas de pinturas*, com apresentação de Olívio Tavares de Araújo, enfocando os trabalhos de pequeno formato produzidos pelo pintor a partir da década de 1950. No Rio de Janeiro, ocorre a mostra *Têmperas de Alfredo Volpi*, na Acervo Galeria de Arte. Expõe na galeria Oswaldo Goeldi, na Fundação Nacional de Arte (Funarte), em Brasília.

1981 Olívio Tavares de Araújo lança o livro *Volpi: a construção da catedral* (São Paulo: MAM, 1981). São dedicadas ao pintor as exposições *Volpi metafísico*, no Centro de Controle Operacional do Metrô, e *Os primeiros anos e a década de 20*, na galeria Cosme Velho. Suas obras participam das exposições *Arte transcendente*, no MAM-SP, *Do moderno ao contemporâneo na coleção Gilberto Chateaubriand*, no MAM-RJ, *Artistas brasileiros da primeira metade do século XX*, na Fundação Pierre Chalita, em Maceió, *Rebolo e os pintores do Santa Helena*, na Dan Galeria, e da 5ª Exposição de Belas-Artes Brasil-Japão, na Fundação Messiânico do Brasil, as duas últimas em São Paulo.

1982 Participa das coletivas *Marinhas e ribeirinhas*, no Museu Lasar Segall, e *Do modernismo à Bienal*, no MAM-SP. Expõe na galeria Ipanema, no Rio de Janeiro.

1984 É incluído na exposição *Os grandes mestres do abstracionismo brasileiro*, organizada pela Sociedade de Amigos dos Museus do Brasil e apresentada em Madri, Roma, Milão, Haia, Lisboa, Paris, Londres, Nova York e Washington. Tem obras expostas na mostra *Tradição e ruptura*, organizada pela Fundação Bienal de São Paulo. Participa da exposição *Retrato e autorretrato da arte brasileira. Coleção Gilberto Chateaubriand*, no MAM-SP. Realiza individual em Brasília, na Oscar Seráphico Galeria de Arte.

1985 A Dan Galeria, em São Paulo, organiza a exposição *Volpi 89 anos*, e a galeria Bonino, no Rio de Janeiro, apresenta a mostra *Alfredo Volpi: 1960-1985*. Participa da sala especial A Arte e seus Materiais, que integra o 7º Salão Nacional de Artes Plásticas. Tapeçarias que produzira por sugestão de Bruno Giorgi são exibidas na exposição *Obras raras*, na galeria Ralph Camargo, no Rio de Janeiro. A Pinacoteca do Estado de São Paulo realiza a exposição *Osirarte*, em que são expostos vários azulejos pintados por Volpi. Tem obras selecionadas para as exposições *Quatro mestres, quatro visões: Barsotti, Ianelli, Tomie, Volpi*, na Simões de Assis Galeria de Arte, em Curitiba, e *Sete décadas da presença italiana na arte brasileira*, no Paço Imperial, no Rio de Janeiro.

1986 Volpi completa 90 anos e duas exposições celebram a data: *Alfredo Volpi: 90 anos. Um registro documental por Calixto*, no MAC-USP, e *Volpi 90 anos*, organizada por Olívio Tavares de Araújo no MAM-SP, com 193 obras do período entre 1914 e 1982. Recebe o Prêmio Artes Plásticas Gabriela Mistral, da Organização dos Estados Americanos (OEA). O Sesc lança um catálogo dedicado ao pintor organizado por Jacob Klintowitz.

1987 Sua obra está presente na exposição *Modernidade: arte brasileira do século XX*, no Museu de Arte Moderna da Cidade de Paris. A Contorno Galeria de Arte, no Rio de Janeiro, promove a mostra *A. Volpi. Obras de diferentes décadas.*

1988 Integra a edição brasileira da exposição *Modernidade: arte brasileira do século XX*, no MAM-SP e expõe na mostra *Abstração geométrica 2 – Projeto Arte Brasileira*, organizada pela Funarte no Rio de Janeiro. Participa da mostra *Brasiliana: o homem e a terra*, na Pinacoteca do Estado de São Paulo, a última exposição do artista em vida. Volpi morre em 28 de maio.

VOLPI: DIMENSÕES DA COR

29 DE ABRIL A 05 DE JULHO DE 2009

LISTA DE OBRAS[1]

1 Volpi não se preocupou em dar títulos ou datar as suas obras. Eram simplesmente "pinturas". Muitos colecionadores, por conta própria, passaram a dar títulos às obras adquiridas. Foi por iniciativa de um grupo de amigos de Volpi que teve início a catalogação da sua vasta obra, criando uma "divisão por núcleos", entre as 2249 obras até então já classificadas. Foi criada a *Sociedade para a Catalogação da Obra de Alfredo Volpi*, composta por uma comissão, com o objetivo de permitir uma melhor localização das obras, sua datação aproximada e classificação temática.

Sociedade para Catalogação da Obra de Alfredo Volpi
Benjamin Steiner, Cesar Luis Pires de Mello, Domingos Giobbi, Gerard Loeb, Isaac Krasilchik, Jones Bergamin, José Basano Neto, Ladi Biezus, Marco Antonio Mastrobuono, Olívio Tavares de Araújo, Paulo Kuczynski, Tito Enrique da Silva Neto.

ARCOS, FITAS E OVOIDES, início da década de 1960, têmpera sobre cartão, 24,0 × 33,0 cm, coleção Fabio Faisal, SP.

ARCOS, FITAS E OVOIDES, início/meados da década de 1960, têmpera sobre tela, 105,5 × 72,1 cm, Vanda Mangia Klabin, RJ.

BANDEIRINHAS, final da década de 1950, têmpera sobre cartão, 34,0 × 27,0 cm, coleção particular, SP.

BANDEIRINHAS, final da década de 1950, têmpera sobre tela, 36,7 × 26,6 cm, coleção particular, SP.

BANDEIRINHAS, final da década de 1960, têmpera sobre cartão, 39,4 × 18,0 cm, coleção Eugenio Pacelli Pires dos Santos, RJ.

BANDEIRINHAS, final da década de 1950, têmpera sobre tela, 72,5 × 72,5 cm, coleção Yara e Roberto Baumgart, SP.

BANDEIRINHAS COM MASTROS, final da década de 1950, têmpera sobre papel colada em duratex, 20,5 × 41,5 cm, coleção Eugenio Pacelli Pires dos Santos, RJ.

BANDEIRINHAS ESTRUTURADAS, final da década de 1950, têmpera sobre cartão, 31,5 × 21,0 cm, coleção particular, SP.

BANDEIRINHAS ESTRUTURADAS, meados da década de 1960, têmpera sobre tela, 54,5 × 15,1 cm, coleção Orandi Momesso, SP.

COMPOSIÇÃO GEOMÉTRICA II, final da década de 1950, têmpera sobre tela, 73,0 × 54,1 cm, coleção Oswaldo Chateaubriand, RJ.

CONCRETOS, final da década de 1950, têmpera sobre tela, 116,0 × 57,0 cm, coleção particular, RJ.

CONCRETOS, meados/final da década de 1950, têmpera sobre tela, 72,8 × 51,0 cm, coleção Luiz Sève, RJ.

CONCRETOS, meados/final da década de 1950, têmpera sobre tela, 54,0 × 73,0 cm, coleção João Sattamini, Museu de Arte Contemporânea de Niterói, RJ.

CONCRETOS, meados/final da década de 1950, têmpera sobre tela, 73,0 × 73,0 cm, coleção Andréa e José Olympio Pereira, SP.

ELEMENTOS DE FACHADAS, início da década de 1960, têmpera sobre tela, 102,9 × 71,9 cm, coleção Jones Bergamin, RJ.

ELEMENTOS DE FACHADAS, meados/final da década de 1960, têmpera sobre cartão, 29,0 × 8,0 cm, coleção particular, SP.

ELEMENTOS DE FACHADAS, meados da década de 1960, têmpera sobre cartão, 32,8 × 23,6 cm, coleção particular, SP.

ELEMENTOS DE FACHADAS, início da década de 1960, têmpera sobre cartão, 33,0 × 24,0 cm, coleção Luiz Sève, RJ.

ELEMENTOS DE FACHADAS, meados da década de 1960, têmpera sobre cartão, 33,0 × 24,0 cm, coleção Marcelo Medeiros, RJ.

ELEMENTOS DE FACHADAS, início da década de 1960, têmpera sobre cartão, 33,0 × 24,5 cm, coleção Mastrobuono, SP.

ELEMENTOS DE FACHADAS, início da década de 1960, têmpera sobre cartão, 33,5 × 26,0 cm, coleção particular, SP.

ELEMENTOS DE FACHADAS, início da década de 1960, têmpera sobre tela, 90,5 × 72,5 cm, coleção particular, RJ.

ELEMENTOS GEOMÉTRICOS, década de 1960, têmpera sobre papel, 32,0 × 23,0 cm, coleção Marcos Ribeiro Simon, SP.

ELEMENTOS GEOMÉTRICOS, década de 1960, têmpera sobre papel, 32,0 × 23,0 cm, coleção Marcos Ribeiro Simon, SP.

ELEMENTOS GEOMÉTRICOS, década de 1960, têmpera sobre papel, 32,0 × 23,0 cm, coleção Marcos Ribeiro Simon, SP.

ELEMENTOS GEOMÉTRICOS, década de 1960, têmpera sobre papel, 32,0 × 23,0 cm, coleção Marcos Ribeiro Simon, SP.

ELEMENTOS GEOMÉTRICOS, década de 1960, têmpera sobre papel, 32,0 × 23,0 cm, coleção Marcos Ribeiro Simon, SP.

ELEMENTOS GEOMÉTRICOS, década de 1960, têmpera sobre papel, 32,0 × 23,0 cm, coleção Marcos Ribeiro Simon, SP.

ELEMENTOS GEOMÉTRICOS, meados da década de 1970, têmpera sobre tela, 32,6 × 16,4 cm, coleção particular, SP.

ELEMENTOS GEOMÉTRICOS, meados da década de 1970, têmpera sobre tela, 32,6 × 16,5 cm, coleção particular, SP.

ELEMENTOS GEOMÉTRICOS, meados da década de 1970, têmpera sobre tela, 32,8 × 16,4 cm, coleção particular, SP.

ELEMENTOS GEOMÉTRICOS, meados da década de 1970, têmpera sobre tela 32,9 × 16,4 cm, coleção particular, SP.

ELEMENTOS GEOMÉTRICOS, meados/final da década de 1950, têmpera sobre tela, 66,0 × 98,7 cm, coleção João Sattamini, Museu de Arte Contemporânea de Niterói, RJ.

ELEMENTOS GEOMÉTRICOS, meados da década de 1950, têmpera sobre tela, 73,0 × 50,0 cm, coleção Tito Enrique da Silva Neto, SP.

ELEMENTOS NÁUTICOS, final da década de 1960, têmpera sobre papel colada sobre duratex, 23,0 × 75,2 cm, coleção Eugenio Pacelli Pires dos Santos, RJ.

ELEMENTOS NÁUTICOS, meados da década de 1970, têmpera sobre tela, 24,3 × 33,2 cm, coleção Diógenes Paixão, RJ.

ELEMENTOS NÁUTICOS, meados da década de 1970, têmpera sobre tela, 24,5 × 68,4 cm, coleção Diógenes Paixão, RJ.

ELEMENTOS NÁUTICOS, início da década de 1960, têmpera sobre cartão, 32,7 × 23,7 cm, coleção particular, RJ.

ELEMENTOS NÁUTICOS, meados da década de 1960, têmpera sobre cartão, 33,0 × 24,0 cm, coleção Luiz Sève, RJ.

ELEMENTOS NÁUTICOS, década de 1970, têmpera sobre tela, 33,0 × 24,3 cm, coleção Diógenes Paixão, RJ.

ELEMENTOS NÁUTICOS, década de 1970, têmpera sobre tela, 33,1 × 23,1 cm, coleção Diógenes Paixão, RJ.

ELEMENTOS NÁUTICOS, meados/final da década de 1950, têmpera sobre tela, 40,0 × 72,2 cm, coleção MAC USP.

ELEMENTOS NÁUTICOS, meados da década de 1960, têmpera sobre tela, 58,0 × 103,0 cm, coleção Mastrobuono, SP.

FACHADAS, início da década de 1960, têmpera sobre tela, 103,5 × 72,2 cm, coleção Yara e Roberto Baumgart, SP.

FACHADAS, início da década de 1960, têmpera sobre cartão colada sobre cartão, 13,0 × 23,0 cm, coleção Mastrobuono, SP.

FACHADAS, final da década de 1950, têmpera sobre tela, 23,0 × 45,0 cm, coleção particular, SP.

FACHADAS, meados da década de 1960, têmpera sobre tela, 23,7 × 32,7 cm, coleção Marcos Ribeiro Simon, SP.

FACHADAS, início da década de 1960, têmpera sobre papel, 29,8 × 20,0 cm, coleção Marcos Ribeiro Simon, SP.

FACHADAS, final da década de 1950/início da década de 1960, têmpera sobre cartão, 32,0 × 24,0 cm, coleção particular, RJ.

FACHADAS, início da década de 1960, têmpera sobre tela, 32,5 × 42,0 cm, coleção Gerard Loeb, SP.

FACHADAS, meados da década de 1960, têmpera sobre tela, 32,6 × 23,9 cm, coleção Eugenio Pacelli Pires dos Santos, RJ.

FACHADAS, início da década de 1960, têmpera sobre tela, 32,8 × 23,8 cm, coleção Mastrobuono, SP.

FACHADAS, início/meados da década de 1960, têmpera sobre papel colada sobre duratex, 34,5 × 17,5 cm, coleção Eugenio Pacelli Pires dos Santos, RJ.

FACHADAS, década de 1960, têmpera sobre tela, 46,0 × 33,0 cm, coleção Genildo Valença, RJ.

FACHADAS, início da década de 1970, têmpera sobre tela, 48,5 × 70,3 cm, coleção Diógenes Paixão, RJ.

FACHADAS, final da década de 1960, têmpera sobre tela, 48,7 × 28,8 cm, coleção Eugenio Pacelli Pires dos Santos, RJ.

FACHADAS, meados da década de 1960, têmpera sobre tela, 54,0× 71,5 cm, coleção Mastrobuono, SP.

FACHADAS, meados da década de 1960, têmpera sobre tela, 65,9 × 49,2 cm, coleção Genildo Valença, RJ.

FACHADAS, início da década de 1960, têmpera sobre tela, 66,0 × 49,5 cm, coleção particular, SP.

FACHADAS, final da década de 1950, têmpera sobre cartão com colagem, 20,0 × 17,4 cm, coleção Mastrobuono, SP.

FACHADAS, final da década de 1950/ início da década de 1960, têmpera sobre cartão, 33,0 × 23,5 cm, coleção Augusto Livio Malzoni, SP.

Este livro foi composto com as famílias tipográficas *Garamond Premier Pro* para textos e *Gill Sans MT Pro* para títulos e notas. O miolo foi impresso em papel *Pólen® Bold* 90g/m² e sua capa em cartão *Supremo DuoDesign®* 300g/m². Ambos na Atrativa Gráfica em abril de 2009.